新时代诗库·第二辑

脚　窝

陈广德　著

中国言实出版社

图书在版编目(CIP)数据

脚窝 / 陈广德著 . -- 北京：中国言实出版社，
2024. 6. -- ISBN 978-7-5171-4845-6

Ⅰ . I227

中国国家版本馆 CIP 数据核字第 2024WX8471 号

脚窝

责任编辑：王君宁　史会美
责任校对：王建玲

出版发行：中国言实出版社
　　　　地　　址：北京市朝阳区北苑路180号加利大厦5号楼105室
　　　　邮　　编：100101
　　　　编辑部：北京市海淀区花园北路35号院9号楼302室
　　　　邮　　编：100083
　　　　电　　话：010-64924853（总编室）　010-64924716（发行部）
　　　　网　　址：www.zgyscbs.cn　电子邮箱：zgyscbs@263.net

经　　销：新华书店
印　　刷：徐州绪权印刷有限公司
版　　次：2024年6月第1版　2024年6月第1次印刷
规　　格：880毫米×1230毫米　1/32　11.5印张
字　　数：150千字

定　　价：58.00元
书　　号：ISBN 978-7-5171-4845-6

新
时
代
诗
库

　　陈广德，1956年出生于古镇窑湾。1975年开始学习写诗。作品散见于《当代》《十月》《人民文学》《诗刊》《人民日报》《文艺报》《中国作家》《星星诗刊》《诗选刊》等报刊和多种诗歌选本，已出版诗集、散文诗集和随笔集16部。获奖200余次。入围第六届、第八届鲁迅文学奖。一级作家，中国作协会员。现居南京。

　　Chen Guangde, born in 1956, whose hometown Yaowan, is a historic town in Xuzhou, Jiangsu. He started his career in poetry in 1975. His works have been published in *Contemporary, October, People's Literature, Poetry Magazine, People's Daily, Journal of Literature and Art, Chinese Writers, Stars, Poetry Selection Journal* and other presses and varieties of the poetry anthology. He published 16 poetry anthologies, prose poems selections and essay collections.He has won more than 200 awards and was shortlisted for the sixth and eighth Lu Xun Literature Prize. He is a first-class writer and a member of China Writers Association.He currently lives in Nanjing.

目 录
CONTENTS

低 吟

眺　望

赴 约

相　融

低
吟

也如在暗色里穿行的爱，一转身，

溅起一串火星……

——《针》

尘埃

来自最活跃的部分，和未知的
苍茫。甚至是我们的
当断未断。杏花落下来的
时候，芬芳也落，
枝头上的波涛向你要一个
去处。

还有心跳之后的落草。美玉
生出的烟。利刃结下的
锈。窸窸窣窣。
都由着他吧，权作是浊酒里的
思归。

一壶月色，湮没了
被大雪盖住的炭。我们深陷
其中，再深，
就会触碰到无火的
余灰。

河在对岸

河在对岸的时候，
心在蓝天。你替我照看过的
初夏，让一朵流云，
飘逸表演的味道。
多么好，还有一些清香，
把三千弱水压弯。

——花瓣坠落时的心跳，
多么像，我在无伞的雨中，
慢慢地闭上了双眼……

草木都朝着丰沛的方向摇曳了。
我想涉过河去，
举着野花的伏笔——
把对岸，
置换成此岸。

脚窝

无数目光越过脚窝，在枝杈上
蹲着。风，把瞭望带到
失踪的真实上面，让时光，
缩短为一片白。

——洁净是洁净了，连同它们的
倒影，都用银子镶边。
而脚窝，在洁净里，用一扇扇
窗子一样的寂寞，
倾听这个世界的凉，和暖意的
存在。

那棵树，站着。仍旧
一言不发，
它知道，愈深的脚窝，愈接近
未来……

歌声：牧羊姑娘

群羊。在玫瑰一样的嗓音里
透过了窗。你在
此时的放牧，不亚于一次
决堤。

大面积的淹没把落叶席卷出
一只白鹭。我不说
等待时的赤贫。此时的狂喜
多么富有——那小小的
喙，仿佛衔来了
草原上的落日，和落日在水中的
无边无际。

——波光粼粼。一群羊，
仿佛认出了，在波光中无遮无拦的
自己。

遗梦

也如礁石。七夕夜摇不动窗台上
那一小片月。在你
身边，那杯茶升不起袅袅了。
犹如一幅画，一幅唐朝的
水墨。

天各一方。我一次次
吞下自己的影子，直到西风瘦。
直到你的泪痕，
托不住一屏屏短信。江南的
山水，贴上了长亭短句，
用烟雨模糊了承诺。

你深巷的腰肢，斑驳了
老墙咽不下的归途。不相忘，
我如银的鬓发，是隔年的诗书
在嗓音里的哽咽。

——遗梦。等月圆之时，
我能把这些字画重新装裱，一帧帧
圈养起来么？

静物

以成熟，退守于此。倚窗。
王冠的光，
亮着千年的悬念。
春天已远。你似乎是
孤掌。

喜欢的风景不在了。一丝
风，带来的
良善，更添空
空荡荡。

如同空瓶子。盛得下梦境的
时候，也盛得下
想着海的浪。

消失的声音

老屋是矮下来的。就像声音
进入清澈的水，剩余的
时间在游。
老屋上的瓦松在动。是内心里

一段流水的寄托。门前的石板
有清音。入夜，槐树的静
渗到骨子里头。
村口的旧戏台把赶路的
黎明搂在怀里，以至走过高处的
猫，看见了野菊
开花时咔嚓作响的表情。

——打捞起来么？万象凭水
而新，流动在另一个
空间的眼神，深邃得要命。

春，以风为马

在雪之后。那装饰了莽莽苍苍
的雪，也装饰了
你的鼾声。春之侧：流水，
山崖，小路，被一场
大雪占领。

春，以风为马，踏遍
旧山河。郊野中，和春站在
一起的你，把额上的
皱纹，放飞
在蓝天的空旷和鹭鸟的
划痕里，任阳光
垂青。

——那块石头，是春的近邻，
正让其身下的沉睡，
从悠悠梦中

脚窝

探出身来，舒展腰肢，
并且让葱绿为她
点睛……

茶色（组诗）

阳羡雪芽

细细捻来，捻来清香在枝头上的
生动。一叶发芽的雪，
遮住闲暇的怀想，滋润细细的
腰肢。让一抹纤纤，研习
琴声的清纯，和悠然。

在阳羡，汩汩的泉把新绿的才情
制成可以潜泳的词，宋词。
就有一腔清澈透出肌肤，打开
梦境里醒着的门。是时候了，
那些相思，开始情不自禁。

荆溪云片

云在铜官山的松涛里听雨，荆溪

渐绿。有细小的白浪用一种
自在把藏着的鸟鸣晶莹出鲜嫩。
一壶飞翔，让清高
把向上的念头，美妙起来。

可以品。把新酿的诗句用薄唇
抿出云裳，片片，是经年的倾慕，
随风飘来一些情节，青山
起身相迎。直到滋味融进心头，
如春色轻染，尚带娇羞。

善卷春月

吐翠的新月在岸的卫护下沐浴。
微澜在心，在善卷的心中
感动。来路的柔把耳语的清秀
含蓄成细嫩的吴歌，像是
谁的青春。

浮，或者沉。都有一种出世的
清幽缓缓地开，缓缓地让
香气在昨夜的小楼里
垂下帘钩。而翠，却越发
翠了。

竹海金茗

在茗岭。一支金箭穿过青绿
咩咩的叫声。谷雨前后，
把新写的汉字沉稳出的词语，
用来温酒——
一些在构思时被虚度的时光，
就扬眉，吐出一口气来。

其实，这时的气息，就是醇厚。
如同在泛黄的书页上，读出
墨香。就像山谷里的风，带来的
常常是坚定。也如一言不发的
竹海，却告诉你，虚怀，
才能品茗。

圣人泉

……那串越来越大的"咕嘟"里
饱含我们的虔诚。澄澈
如圣人的胡须，如在不远处的亭下
滚动的珍珠。檐角有
微雨带来的清凉，拂过宣纸的
是圣人窝吹来的那丝
最细的风。

"不舍昼夜"，泉动。
泉里的日月鸣叫着在祥云中浮游。
一道道石，如梁，撑起
最后的修炼的
脊，也可以矫健地点亮
我们心上的，灯。

茶园涌出光芒！与圣人泉的涟漪
呼应。一尖尖芽

用春风的飞翔在坡上
伸展梦的清丽。那页冬暖夏凉的水，
泉水，便有醇香
溢出来，溢出北上或者南下
的你的钟情——

而那些熟识的文字，
以朝拜的方式簇拥过来，如我们
在纸扇上飘出淡淡的云烟，
让水流里悠然偶傥的
歌声。就有九品香莲游过来，
游过来一些婉约，
环绕我们的行踪里圣人的
身影……

稻香（组诗）

破土而来

在稻叶的尖尖上滤下的清韵，
用滴石的节奏深入季节。一次次
漫过来的，是可以相互厮守的
玉润。

一生的时光都在透明的稻米后面。
不走。以细碎的温暖，和
柔软的琴弦，在途经我们的
日子里，
琢磨一种品格

——与云天的
高远相合，与源头破土而来的
高贵，茂盛在一起。

一朵偶尔飘过的雪花，留下了
秀水的鲜嫩。

久违的相拥

鸭蹼上荡起的不仅仅是秀水的
心动。还有贮满诗歌的
昨夜月色，溢出的小令和
涟漪。

——都随正在分蘖的叶片编织
铃声。

将要来临的喷珠溅玉，是可以
摇响的目光中最诗意的
一笔。仿佛某次梦境
已得到绽放：让她尽情舒展的
不是鱼，是已经归来的
谣曲，和谣曲里久违的相拥。

嫩江水暖。在稻浪里感知清亮的
鸭，是肥美青睐的从容。

描摹波浪

让辽阔奔泻。一阵风可以和
辽阔并肩，倾情于
描摹波浪的稻穗，以及能够久久
伫立的岗岭。

——额上的汗滴，兀自跟随某次
随风而来的爱。那些震动过
荒源的手臂，那些把鸟鸣耕作成
稻花，然后让她们弯腰的手臂，
在波浪里储存了
一些姿势，转眼之间，就是
一座山季节一样的丰硕了。

直起腰来。望见夕阳里那朵
经典的绯红，是谁，露齿一笑，
如粒粒可以亲吻的珍珠。

不断升腾

合十。把虔诚的火焰安静成
长号一样的香气。朝上生长的
声音，在四野
层次分明的妩媚里飘浮。并且，

注定了与秋天的缘分。

一片祥云，在涉水而来的九月
绽开。纤细的腰肢，把远方
丰满的目光蔓延成歌声，
家园近了——在温馨中守望的
稻子，熟了。

熟了。傍云飞翔的翅膀，
在清丽的香可以抵达的高度，
贴近龙的传说。临风
舞动丰收的热情，和对于幸福的
理解。

——阳光下，以不断升腾的
影子，表达对出生之地的依恋，
和感恩。

宋瓷：荷叶形盖罐

梅子青了。一株宋代的树，淡雅在有着
行云流水的岸边。从金鱼村游出的
鱼，就在这荡着柔波的树荫里，越发引人
注目了。

瓜熟蒂落。用瓜蒂顶着荷叶从千年之前的
春水里流过。就为了看望这株
前世的酸，这株可以止渴，可以如冰
似玉般优雅的酸么？而千峰
翠色，已经夺目而来，冠绝群艳了。

这盅圆肩的凝脂，开始述说修炼成梅的
过程。在尘埃之下，有着身心疲惫的目光
和他们的影子。是胎质的坚定，才
不至于随波逐流，浪迹于比天涯更远的
异地，在弱不禁风时撒手。

从质朴如泥的低调，到润泽如翠的清秀，
中间有火的笛，吹奏出节制和
端庄的芳香，让随心所欲的呻吟，立地
成佛了。

还有水，那些来自龙泉的水，一滴滴，
成就了期待，和光辉。

还是那场雨

雨滴带着外省的锤。风无定向。
老旧的夜，让灯光完成
对自身的突破。
窗子记起了许多年前的
造访。

——都有离弦的辽阔。一条河
又被锤打了一遍，大珠
小珠，顺着玻璃上的激动
写出曾经的韶华，
也许是我们丢失的
日子，那些积攒过的晶莹，
正成为压仓底的
唱腔。

树在摇晃。叶子上蓄不住
过客的给予，虚空中，有什么
在发亮。

雨中的绿色

夜雨。用透明的声音在绿色的中央吟诵。
汉字的诗，开始错落有致，就像
途经过我的春天，把涟漪一样的波，
还给了河流。

冬的色如你的棉褛，不经意间，走向了
轮回的深处。若隐若现，
你的初恋般的小锁骨，被我孤独的
鸟鸣揣着，在柔情的湿地，想着策马
突围的理由。草色青青。

雨中。那块老去的石头，用空着的脊背，
接受襁褓似的苔藓。你的叮嘱，
淅淅沥沥着青春的记忆，与爱有关，
与时光的呓语有关。貌似暗恋。

枝头上的稀疏妖娆起来。一如你解开的

丝带。可以触摸，可以抽出芽孢，
等待万紫千红的涌动。

在雨中。绿色正集结起母性的覆盖，
后土嗷嗷待哺。你在窗前，
温一壶阳光的依依，柔柔地，
铺向天涯葱翠的梦境，让诗意守望。

在雨的上面，是云一样悠长的号声，
和舞步。你的手，可以长出叶子，
长出一些悠长的念想。
一些裙裾，被长虹般的成语簇拥，
盈盈如相亲相爱的婀娜，
召唤云淡风轻的日子，和浓郁的情歌。

而我，还在养一畦雨水，给你，给
日益盎然的绿。

为你把盏

就像这不能独享的春光。被柴门
亲吻过的春光。在空前的诗情画意里，
为你把盏。

用余晖饮尽唤归的炊烟。我在五谷的
絮语里，点亮你的
眸子。就有青山绿水，且歌，且舞。
就有笛声，打通奇经八脉，
悠然而起于云端，让荷锄而立的
江南春雨，完成了
对你的包围。我的被诗句诱惑过的季节，
就翻动出向日葵，一片灿烂。

用灿烂温一壶传说中的热情，
让你成为葳蕤的
夏天。施着风情绽放，花溪碧，相见欢。
我端起鲜艳欲滴的谣曲，

一饮而尽，就有火苗
呈现姣好的颜容，和她们的舞姿，
气象万千。

万千喜乐就在这歌舞里丰盈。我的
每一点诗意，都忠贞在飘香的
身影，和你的相守里。还有微醺的感觉，
在天上人间。

看似闲笔

这些石做的莲，是钟声最虔诚的
听众。水波不兴，
花瓣不动。我用随手采来的鸟叫，
婉转出别样的咏叹，
唤不醒在钟声里沉醉的莲花。

龙山的雨滴且行且停。错落有致
是你欣赏过的余音，袅袅。
用一百年长出一片清凉，让石阶
顺势而上。

瑶池仙境。去最高处安身的，
是可以勾画成亭的眺望。在海的低语里
提炼时光的不老，像是我
读过的诗，和看似闲笔，却一直
在打坐的莲蓬。

梨花

开了。纯洁是一朵月光留下的钥匙。
点点白，在宣纸上萌芽。
让镜子里的光线，水一样漫过
曲子里的花蕊，楚楚，生动。

所有的柔软都倒伏在婀娜着的
枝下，风儿袖手旁观。
鸟鸣是写在纸外的配音，
声声慢。慢在谁回眸的氤氲里，
雪花一样，飘落一些
虚拟的清冷。

今夜的石头辗转不眠。一瓣瓣
要来躲雨的爱情该进哪阕
词里？题款不语。墨色的题款
仿佛是从白色里分娩的
种子，等待一场春天，等待
红袖里透露的香气。

山水之间

流水有意。山色领琴声
弯曲。行云
以苏醒之身飞来，
夜梦无痕。

扁舟停下了行走。操琴的
人被安放在山水之间。一些树，
把吟哦之声息了，枝杈
让给拱起的手。

——心底的浪花终于有了
去处。随风。随舟。
随盘腿而坐的
港口。

走远的日子，又翻过了
一道沟。

含苞

开始融化的是梅在春风里的红，
如同晴空在一缕云的飘逸中露出的
广阔。

还有些冷。在春水暴涨之前的那些
潜伏，不动声色。拂去一阵阵
困倦的枝，还把发芽的才情伪装成
黑黢黢的疙瘩。

一个趔趄，把桃花搓着衣角的那一声
哥哥，堵在喉咙的拐弯处。回暖时，
在墙角的那边，咕噜噜，吐出了一芽
羞涩。

天边滑过的那声嫩黄的鸟啼，
揭开了素女子的面纱。不远处，一个
季节正点燃着葱茏。

花儿开

以过渡音的方式把蕴藉的力量
送上枝头。此前的一切准备，
突然亮出了羞涩。

读书声响起。稚嫩的节奏里透着
柔弱。由深向浅表处的
涌动有了铜质的悠扬。一种放纵
在天性的引导下摇曳生姿，
跨过原有的禁锢，微风中的喘息，
是欲飞的香对未知世界的
一次探索。

蕊用颤动展露欢快，蝶翅的
抚慰补偿了此间的余波。那滴露，
在春风里圆润归来，顺利地
完成了一次辅佐。

雨的印记

在万物之中。淅沥在嗅出的
惊艳之外。是沙滩
在阳光下的一次怀旧。

——从天而降。从天而降落的
一串串海的蝶翅，
也有草色
迷蒙。而明亮，是对落日的
一种呼唤，洗去的
是沉疴。抖音，
正向苔藓的清纯处移动。

奔跑着。
也许是上升。每一滴，都饱满着
润和荡的胎教。
巫山不远，印记上还留有
某次火焰一样的
苏醒。

回声

在画面之外，有一句惊飞的
鸟啼。就像在节外生的
枝，把流岚，
转换成发青的夜色。

向上的耳朵，收集
不可攀援的
天籁，和返璞归真的民谣。
打不开的深邃，
围拢过来，用枝条上的
思索，酿酒。

用失而复得的童年的记忆，
扎制发亮的热爱，也
顺便让高远牵引出，一层层
回声。

尘埃里的花

低。才能被西风吹起天才梦。
23 岁 *，从沉香屑中
裂出一条缝隙，一朵花
低于尘埃。在窗边。

指尖上有心灵的创痕。倾城。
红玫瑰与白玫瑰，滴落
女性气息。伸出的
大懒腰，有藤蔓的青葱和敏感，
别具一格，张扬性格的
孤。

可以疯狂。像是被风取走的
青山。多少恨，
拥浮花浪蕊，在低气压的
人间。蓄满情致。香气
袅袅成漩涡，成坐标，成哗然。
境界超凡。

却"相忘于江湖"——色，

戒，幽居 23 年。滴血。

余温，簌簌在更低的太平洋，

是舒展。

*张爱玲 23 岁发表小说《沉香屑·第一炉香》

一场雪
——哭兄长

寒冬将尽时，你把一生的刚直，
化作了一场雪。
天堂里的酒，飘洒着白色的
落叶。我看见那管箫，
已蒙尘七年，
再不能连缀出月色。

还有新翻过的书，一页一页
翻过了此生的悲苦，
那颗摇动了
七十四年的钟摆，在九点四十分，
停了。

病床上的床单，
把红尘中的洁白，白出退潮的
样子，让泪水

一遍遍在风中涨潮。

让一双儿女的

抽泣，在梦里出盐。让我

在那时的无言，

都是病句，

纷纷扬扬——世上再无同胞兄长，

再无法喊出一声

"俺哥"……

2018 年 2 月 10 日

脚窝

端午

从这个节日里流出的水，能够
堆成江了。汨罗江。
——你还没走，还在江底
招手。

路漫漫么？漫漫是水做的
衣袖。

或上或下。拖曳，虽弯曲
却不变流向的源头。

丢不下一年一度的漩涡，在
米粽的香里重逢，
用五色的荷包回首——

有些旧浪花，不甘心其间的
微凉，托起了一叶又一叶
向上的龙舟。

40

水声呢喃出高度（组诗）

存在

人走了，他写下的
文字还存在。落叶随风而去，
它化作的春泥
还存在。安静走了，
她留下的
虚空，还存在……

一见倾心之后，剧情
以另一种方式转换给追光灯。
灯灭了，干花却
无法离开。

割舍时有一种痛。
痛过了的疤痕，还会在

不经意时找你叫板
——欲望因存在
长大。也如光脚的时候，你
会想着鞋。

……因果不是
云烟。你没见到的并不等于
不存在。

底牌

落日不回头。不像湾里的
流水，转了一个
又一个弯，又转回来。

白云也转回来，说这里有
黄金。那些灌木丛，
披过霞。一些吹过古代的
风，也如少年一样
吹回来。

秀丽是这些山水。竹叶下
响过虫鸣。四位老人
在竹林边打掼蛋，不攀高度，

只说起伏，和脱缰
的澎湃。

灯光在召唤。空下来的
地方，月色占了，据说这是
落日的底牌。

唤醒

不去察觉。细雨，落在庭院
的破瓦罐里。
秋枫的红，更红了。

一些叶子把若即若离的心思
告诉风。

但是你没有，没有把蝉的
最后的鸣叫当作
唤醒。

泥土抱紧的低音依旧
低着，月下的沭河水收容了
几粒星。你的日子
仍如梦游，桂树和她的

花，应该缭绕了你，就算没有
可以扇动的翅膀，她
也香啊——

你没有转身，虫鸣隐匿了它的
肉身，你迎着
风……

骄阳

不遮不掩。在高处逼走
风的私人空间。
——我在草帽下被逼出了
小溪，
那是多年以前。

而瓦蓝是虚怀的颜色，流水
已记不清低头了
多久，远处的山花
在响亮中热了
又热，躲在山涧里的云，
带着伤，等待将要
落下的叶。
它知道，最有耐心的是
时间……

蓝蜻蜓

在停歇下来的一瞬间，
蓝着

——是天空寄来的他的童年。
梦，攥在手心里。

重新回到
这些可以抽枝散叶的
轻盈中。返乡。
让夏天和久违的热情合二
为一。

凭栏，听水声
呢喃出高度。眺望起飞的
刹那，有什么
在心里响了，如那首蓝色的
小曲。

夜半

歌声。钟声。琴声……之后，
比露欲为霜更沉重

——曾经的月亮孤独着。风
收起翅膀，把游刃
藏在新起的
鼾声里，微信上一丛丛
荒寂。只有火车
想要敲响那片"孤独的
铜"。

有欲。让夜半一次次不老，
覆盖或者
打开：大海的流淌，
和不断到来的
从容。

而无意隐藏着的浪，
又让夜半成为一块坚硬的
磨刀石，磨出了
腼腆的黎明。

聚会

在夏的怀里。一只只萤火虫
擦拭聚会的回音。

这些人啊，就像一点亮
找到另一点亮。
也有波纹，在之后成群的
孤独中。

也许是推开了一扇门。
只是场景
很像是月色在酒后，
袅袅着的痕。

秋天的光

在松开了的胸襟里透出。
明晃晃的，
如散养的月，抬起了
中天。

那片落叶，吸纳了一些
阔大，闪闪着
被钟声用过了的
时间。

鱼肚白插入清晨的
书页，让其中

脚窝

潜伏的汉字，排列出
鸟鸣——

早起的那个人，
把澄澈
笼上脸庞，活脱脱一个
少年……

大悲舞

舞步旋起疾风，红色是先到的
闪电。危崖直立起来。
一个踉跄，把那句长调，衔接
成白色的纸蝶，靠近
还能找得到的故事
——高粱倒伏、鹤顶红滴落、
小巷沦陷
……悬念纷至沓来，
水袖只好掩面。

此时的追光是六月的雪花。
飘不尽。小道
在可以存活的房梁上盘旋。
肌肤上的火焰在滴，
痛！不欲生是悔恨产生的
前奏。匍匐不前，
又涌动，向前……

问天的姿势。撕裂一滴露珠
与草叶上尖齿的牵扯。
那声呜咽，在静场之后
把泪旋转成天幕上不灭的
亮色。
世界的最后一缕飘忽，变成
舞台上用旧的地毯。

幕落。突然回头的点点雨丝，
正在发梢上成串。

水边的月亮

用一些单纯的云，涂抹出悠悠的波纹。烘托
你的水性。就有在日子里穿行的风，
撒开草裙般的网，捞起我细微的感叹。

我的感叹曾在你的亮色里随波逐流。那些
补白的汉字，被你用中音，读出了吴侬软语。
在声音的对岸，有水做的楼阁，收留
我不在故乡的这些章节。成灯盏。

水边的月亮。你会在一些时候，划开我的
胸膛。就有一个孤独得有些苦涩的名词，从
那没有被泄露的天机里，坐北朝南，
迫着融融的你，交出了心底的湿，和隐秘的
片段。

远行的水游进了云层。我还在等。你松间的
姐妹，让王维写进了空山。不是冷落，

谁把午夜的念头都给了年迈的爹娘。我只好
用岸边的柳梢，折叠成巢，给你取暖。

在水边。夫子把酒问青天时的浪漫，已经
成为我的外衣，脱下，铺开，有宣纸的
绵。柔。长。有你来了又走了的，点点踪迹，
和模糊着的泪眼。

口琴

我在月光里的最后一点伤疤，被你
用毡房的方格，揉搓得
有些动人。一个看似寂寥的婚礼，
已被这动人填满。
那列可以驶向远方的火车，因此
就有了一步三叹。

一把口琴。一把在立下盟誓的岁月
舒展枝叶的口琴。阳光。
食粮。都被你用来容纳一些
重逢的歉意，和倾情。

先前的沉重似乎得到了安慰。
多么像春风，
吹开了凝固的皱纹。小河淌水。
河水拖着许多
沉默的事物，在琴声里，掀起

脚窝

一种天高地远的伸展。

后来你就清澈了。清澈得有些
悠扬。一缕一缕，
在弄碎它的一小块呼吸里，有我
用双手握着的一张车票。

门

距离就这样被拉开。其中，
曾在南山来去过的风
抚摸着趋于平静的把手，同时
折转了身。

鸟鸣声淡了。光线在隐忍的间隙
似乎与喧闹失去了联系。
日子一样的身影在伏案的寂静里
开花，或者结果。
捧在手中的是一些不肯睡下的
思虑。

——街巷的一切如常。脚步
时快时慢，没有谁，
模仿开合的姿势。一个人的
名讳，在有限的数字里
若隐若现，

脚窝

似乎在期待着什么——

锁，把先前的雨点阻拦在
它占领的阅读之外，
只给，能够进入它心底的主角，
留点余地。

——让来自天际的那枚方正的
汉字，在抬高或放低了
户槛之后，收敛翅膀，一再
被推敲。

碎片

无语。与一种对称的决裂，
已经耗去了它半生的
快感。此时的音乐，不过是
一种背景，并不代表歌舞
升平。

某些放纵，已在不规则的
边缘中展示。
——平静下来的，是置身事外的
那点空缺。也许是
锋利，试图掩盖心底的惶恐。

面对阔大的世界，只有闭眼，
才能找到自成体系的
感受——哪怕只有片刻。
早生的白发，像证词一样，
有种貌似初生的纯净。

脚窝

　　——孤独是免不了的了。
　　把千百个同行连缀成甬道，
　　也只是拥挤，不是完整。

在一个名字中间行走

——即便在转弯处，也有书法的
影子郎朗着留言扶住的
真实。往前，
一粒粒谷，就要在月下的
潋滟里，成熟。

秋天真大。名字中间会有次第
展开的日子，房檐，
江湖。那座思想着的临海
的灯塔，远远
望去，犹如一棵遮风
挡雨的古树。

小径曲折，有虚实和软硬错落
其间。一点一点
闪动的火红的
光，是经年的左冲右突

溅出的花开，灿灿着

向后来者

昭示：关山可度……

一只贝壳

海走了。把宽阔还给细小的沙。
一只贝壳在此时的寂静，
是停电带来的寂静。空空的
书架，有了风，流出的
重。仿佛绵长的水边，那把孤独的
椅子，一动不动。

一只贝壳。还保持着倾听的姿态。
云，停住了脚步，
注视在细雨的檐上有些焦急的
风铃。

——是必经的路。空空的草原，
夕阳的背影接连着
失眠，和失眠里残留的
那点疼痛。

——爱了就爱了。飞越千山
与花瓣的开合，不仅仅是美好。
其间的冲撞、迟疑、悲伤，
经过了，才会留下水深火热，刀光
剑影。

一只贝壳。也许并不知道，
不远处的大潮，早已准备了裹挟，
和奋不顾身的奔涌……

老窖

吼声滑过岁月的喉。你，
开始勾画五谷
遗下的光环。河流在目光制作的倒影里
发芽，或栖身为火。风铃，
一遍遍用天空的
空，指引
血液的盛开，和山的
安眠。

——梦，跌落在花瓣长成
的筏子上，越过
窖藏过的时间。一切
高于醇厚的传奇，
袅袅着，成为本质在深酣后的
舞姿。光色飘飘，
春日的引渡越来越近。

你，又一次填满

鸣叫，月，登上中天。脉搏回到族谱，

脚板回到路，那程曲调，

伸展香的悠长，替一串透明，

打磨出高远。

步态

真香！是熟饭的香，袅袅婷婷着
灯火卸妆前的
弧线，红杏枝头上的
一颦一笑。

野花在鼓胀。临街的玻璃
也生姿。

我是路过。我能扯住马的长鬃么？
我祈求风暴不要冲出
边塞的怀抱，让礁石上的鸽子，
一直在湛蓝的背景下
起飞，翱翔……

——会有一场梦。梦里的倒影收留了
时光。其中的安慰之物，
竟是熟饭变成了生米……

等雪

雪未下。我在六角形干净的空隙里
取暖。风来过，驮不走你守岁的影子，
就像我，摘不下那一粒粒晶莹。

雪还未下。泗水上的薄冰已经开始呓语。
我看见杨树的枝条，把清癯当作起飞的跑道。
就有琴声，一遍遍以发芽的相貌，
把我写过的汉字，打造成谁脖颈上的银链。

在南园的小径上，我一言不发的姿态，
被孕育着的雪镂空。并且，
跟着静谧，向上生长着轻盈。如同
在清冽的空气中央，那些鲜嫩的日子里
微醉的诗情。

我卑微在我手植的诗行里，声声慢，
把影子吟诵成扇面。雪未下。有一个名字，

在楷书的句子里沐浴，若有若无，
把晶莹铺在行踪的理由之间。

青花瓷（组诗）

冷，或者

在原野上，她是一座山。
阳光翻山而过，有绿色的
径溪翩然。在十堰
蓬勃。在可以流连的光影里
柔软着。

远方，可以想。有乐器的青
丝帛一般，咏叹花的
晃动，在低处，有一颗高悬的
心。

——用整个方舟打理掌灯
时分的倾注，一切
都还在，一切热情都会被

呵护。月色绵长。

终于换了名字。雁飞过，
蓝的高远，均在
每一片叶的凭栏上。

青花瓷

摩挲着青花瓷水墨的柔润，我
交出唇。莲在动。
莲在池塘的迷离中吐露绵延，舞步
在此时体会燃烧的痛点，
临渊而立的
是卓然的华彩，细微的困境
正在突破。

刚与柔正在融合。

我交出汗。光洁释放出蓝色的
奔涌，一波一波，写满
迷人的曲线
——别逼她的白重现高温的
鸣叫，当时的玉质
脱胎于水洗。

我交出呼吸。这或轻或浅的
鼾声，敲响的
是一些回味，正冰裂出
一道道韵。

垂帘

依稀的光，仿若隐藏了另一个自己。
你喜欢的妖娆，
一直在重新雕琢可以呈现的
部分，其中的时间，
总在怀疑某种悬浮的力量，听见过
斑驳，和梦境。

其实并不需要清晰。与花期的
相逢，你会把
抵达的鸟鸣换作是一种
空旷的修辞，
飞翔或者跌落，都像是由内而外的
沉溺。

月色赶过来的时候，你收留了
今夕何夕，让一次次

追问，在房檐下，成为真相的
另一种经历。

金镶玉

金玉良缘。后来的事你都
知道了。

——奖牌会颁给谁？一道光
倾泻而来，我内心的
玉，有一些温润。远方，那只
还没有
出门的蝴蝶，把睫毛
放在泪上。

把蔚蓝放在云上。落日的
余晖，再一次
给白桦林的叶子镶边，
等你归来。

那是一种拥抱：比钥匙更像
石块。

麦坡世界地震地质公园

一道裂隙。用天下所能穷尽的时间
相接。一亿年。雨点轻轻地
让连缀起秋天的线条，跨过了
白垩纪。我只是想把那点
紫红涂上面颊，让随之而来的
诗情，更浓重一些。

让开始悲秋的鸟鸣，更婀娜一些。

麦坡的草可以在百度里被
抚摸。重阳之后，
我伸手在登临这里的风中
寻找曾经的蓊郁。
一些碑石，让仅有的文字
在耳边，此起彼伏。
断崖一样的念头，开始迎风
招展。

我看见在风中裸露的根，长出了
怀春的枝。高处的空，
结满清粼粼的诗句的种籽。

我在中间。在黏土歌唱前放弃的
沉默，和冥想中间。
镜头里的微醺，把草木重逢时的
欢乐，挂上额头，沐浴
也是高远。

在后来的台阶上，我看见
那丛亿万年前的小花，黄得
有些艳了。

针

是独居的日子。可以守口
如瓶。坐下去的痕迹，
不比一次次站起来的背影
迅疾，鲜明。

——每一处遗址，都透出过
斗大的风。绣花用的绷框，
在碌碌无为时，
承受一些低头的洗劫，
不空。

疼！也许是一声追问，面对
一滴血的瞠目结舌，
窗帘上的花纹，就像谁
伸来的柔枝，
不停地轻轻拂动……

因此而来的引线，驯服了
一些荒凉。也如
在暗色里穿行的爱，一转身，
溅起一串火星……

天空，坠落在一束花枝上

熏风，晚于天空摇晃起那束
不老的芳龄。夜不能
寐。夜不能让天空发出的
颤音，记起这次酒
的滋味——

老城墙，用盘根错节的乡音
怂恿这次攀爬。
在战战兢兢之后，开阔
就是芳香。一串串
灯笼，记载了一程一程卸去
恐惧的歌，一枝
青绿，掩映了一次忘却
衰老的涉险，涉过栅栏的，
是醉

——弯腰系鞋带的时候，看见
天空，坠落在
那束花枝上，摇曳
生翠……

眺望

一路稻菽，一江翡翠，一天彩虹。
在澄清了万里尘埃之后，依然有汉字的
表情。

——《超人》

风来过

……颠沛之后，以不断绵延的
水痕修建一条栈道。

词语里，怜惜或者围观的成分
又多了几许。他知道，
悬崖上的远行，不在于表面的
热闹。

白云的居无定所，仅仅是漂泊的
需要么？蓝天里的谣曲，
常常把小调的悠然和内心的坎坷
糅合在一起……

——风来过。风在不断寻找的
隐忍中让峭壁听见了直觉。

……如同一种倒伏——把词语的

脚窝

　　脸都转向了
　　回声，和回声里从异乡
　　归来的羽毛……

超人

脱胎于桂花的香。八千里路
云追月，挥洒着从容。
以鹰翅的快慰，把绵延而来的
星星，看作溪水的甘洌。
大地匍匐着，没有什么能发出
回声。

内心的清澈正透过孩童般的
眼睛。此时的四野，
展示初春的姿势，迤迤然，仿佛
在细节里，跳动着脉搏，
辉映出一些平静。

俯冲。是一朵花的归来。
如同画卷中的直线，抻开曲线的
挑战，击打在空旷时
盛满的盛开，鸟的影子里

脚窝

有王者的憧憬。

升腾时描摹蓝天的峻峭，抖落
风的挽留。让低处的
蛩音，成为月色的庭院深处，
行走的灯笼。

不是补白。虽然常常越过从前
飞向未知的疆界。
一路稻菽，一江翡翠，一天
彩虹。在澄清了
万里尘埃之后，依然有汉字的
表情。

重回枝头

在雪把注定的晶莹飘洒下来
之后，大红的福字，
就以迎迓的姿态，祥和了
节日一样的春。

藏在深闺里的春，以柔弱的
腰肢把红色
重新披上门楣。蓄了一冬的涟漪，
正一圈圈荡起鼓乐，
和鼓乐里重回枝头的展翅，打开了
新年在此时的
山高水远，一鸣惊人。

——春的节日说来就来了。
黎明中早起的光线，抖一抖
恋人般的眼神，
就有袅袅升腾的暖，顶着阳婆婆的
慈祥，走进每一片新芽了。

花又开

锦书一样。开放留白处的层层
叠叠，起伏成
水做的月光。一年中最好的
日子，到来了。

——在传说里弹过箜篌的
手指，凭空挥出
袅袅的烟云，缤纷。红烛和她的
影子，低垂着，
等待箭簇深长的注视。

涟漪漾出边沿的润。在风铃
和风铃之间穿行过的
感动，芳香般起了，峰峦
于氤氲处虚化，
那声鸟啼，在蕊中。

回应

把嗓音放在晨起的水边，激起
一串串鸟叫。那朵
涟漪吹响了枝头上的阳光，
抵达视线中的喧闹。

——就让诗句参与进来，如同
在扑进眼帘的旷野上，
又涌入一棵草。
风儿掠过每一片叶子，留下了
晃动——多像你
无意中喊出的乳名，唤醒了
一阵心跳。

就像在沧桑里刻下一道皱纹，
会给你一段经历，
就像在空谷中放进一声
温暖，回应你热情的口哨。

脚窝

　　　　——这么多年了，春色门前的
　　　　鞭炮声，每一次，
　　　　都让茁长着的草木，回荡
　　　　步——步——高！

读酒（组诗）

醇厚

面对你。有一种难以割舍的缘。
久违的亲切攀援而上，
那棵枝叶繁茂的树，就这样，
走进了夏季。

用你的醇，深入所有的温暖。燕子
回归，回到依旧的房厦，
沿着那串鼾声。相遇时的拥抱，
让千言万语独享
——唐诗、宋词的静谧。

用你的厚，锤制通向星空的路径。
把月光一样的呢喃，留在
杯底。花开一次，就有天高地远

在岑寂中，一步三摇，
爽亮了一次。

山水绽放。唯有你，是可以
品尝而不用说出的情意。

绵长

八千里路。风铃声坠逸了一地。
一首清新的小曲，
油然而生。带着在低处向远方
漫延的钥匙，让路边的
石头，成为可以报答不鼓自鸣的
回音壁。

越来越长。在回味里看见诗的
模样。犹如一条河，
静静流淌着传世的意念。
对每一丝风，
都报以细浪里的清澈，起伏
诗句里的生气。

盈盈的。枝头上的红杏在墙内
招手，一眼望不穿——

帘内未能读尽的净爽。笔走龙蛇，
和弦在绵绵中吐露
优雅，一任另一种来自内心的
持续的清丽。

细腻

把玉一样的声音放在舌尖上
细细地研磨。
用过滤过的高原的阳光，
和着一滴滴从岩石中
渗出的冰凉的露，一点点细腻
可以开出花来的天籁。

朝向微小处漫溯。让美酒里的
分分秒秒，在小碎步般的
舌蕾上一绕，便袅袅在瞬间们
排列出的欢迎之中。

——不说相思。
听见玉上的丝带，把一种品贴在
最细小的音符上滑过，就有
一圈圈涟漪，放大了鲜为人知
在隐秘世界的倒影。

冬夜的火炉边。回想，在缥缈

和粗粝之间，还有

不可忽略的精微的存在。

留香

不走。以晴好的方式表达一种

从未老过的馈赠。

我的接受，也如阅读，复活了

一些名字和经典。

原本是无意的。是一种本质的

袒开。就如那条

落了花的桂枝，她也许并不知道

自己还可以沁人心脾。

——挂在冰凉的沿上，感叹过

怀才不遇么？随遇而安，是一种

修炼。这时的香，也许就是

一次回首，一次对这个世界最完整的

信赖。

——我闭上了眼，相信在我的

身旁，一定还有什么，那样毫无顾忌，

那样灿烂……

钟声

他在足够多的良辰里独眠。
又常常在梦里
把自己推上悬崖。那把古琴
吐露了叶子，守护它的
小兽沿着回眸，开出垂泪的
长势。

他是散场之后留下来看院子的。
他清楚事物的更迭。
胸前的伤口盛满夏春，冬秋，
以及角落里的杂草。
也喜欢花瓣在黑发上的
逗留。

那些阴影，是等待认领的
月光。最平坦的雪，
是化了妆的沟壑。起风时的

狂乱，也许是
得益于平静。不要问，
藏在书页里的蝴蝶的前世，
有人会突然跪下，
说听见了——
"洋洋兮若江河"……

他回到内部，常常惊醒了
孤寂，又常常在睡着了的时候，
被孤寂惊醒。

衣架上的阳光

枕着。或者是站在一场
光鲜的叙述里。波浪已然远去。
腮上的最后一滴
泪水,吐出晶莹的反光。

已经踏上的归程
显示慈祥。一切干净会升得
很高,蔚蓝
把掖着的白云递给
另一朵白云,飘,
或者荡,都在用那根晾衣绳
折叠出影子。

这时的
风,用浮力托起衣架上的
阳光,小心翼翼,
看他能否落进向南的
小轩窗。

踏青

用青里带黄的柔弱，挂上你脱去冬装的
话语里。柳，是一曲可以妩媚的横笛，
也可以纯，像是一茎草在纸上
等待露珠的降临。我在能够极目的岸边，
拂一处时光，用呼吸聆听草色喂养的
江湖。

不敢移步。所有的芽儿都悬着痴心，在
小风里恋爱。我是过来人。

就这样，吸吮风中的相见欢，和青青的
羞涩，不置一喙。鸟语里的柔情，
是宋词里入戏太深的伏笔，你的花蕊，
蠢蠢欲动了。

我的华发，在返青的潮中浪漫出文学的
范。用伸展的手臂吟诵你储藏过的

阳光，就有雨露纯净一片开花的声音，
此起彼伏。

我的心跳，在你的耳畔，是踏踏的马蹄。
是倾慕。

炊烟

不去想你。就像在不眠的夜披衣而起。
那味道，怎是一个想字就能扑灭的
烈焰？就像一滴水，无法消除饥肠中的
咕咕。望穿秋水，只为能见上一面？

用"久违了"太过文雅，在你的烟气里
沐浴，就能回到童年。我要坐在
你的膝上，写一些错落有致的小曲，等你
夸赞。

柴米油盐酱醋茶。有柴火，怎能没有
炊烟？我看见，你用撩起的衣襟
悄悄擦眼。风向北吹，我跑向你的脚步，
是炊烟里不断升腾的节气，让田野
惦念。

春风里，这难得一见的场景，不会

怪我慌乱。就像雨后清新的早晨，
谁也不会怪，有一枝花，在晨风里
微微乱颤。

点亮

其实，身体里的思念可以锻造成月光，
在辗转反侧时照明。就像
三月里的小雨，给干枯的石头，披上
流动的表情。

流动就流动吧，风可以安静地停在
某地，思念史书中
没有的名字。云可以不动声色地
移过，填平那条浅浅的沟壑。

而柳的喙已经伸进春色的怀里，把
看似无路可走的乡愁，
渲染得如烟似缕。涉足过异乡的
鸟鸣，清澈，荡漾出
一声声唤归。让祖茔石座下的
点点新绿，捡拾去年
被庇护过的离别，湿润了，

一簇簇先期抵达的梦境。

无语凝眸。谁在用诗句缝隙里
漏下的光，点亮这一处清明。

来信

她用泪孵出的汉字，又在奔跑的
草根上发芽了。路上的行人，
还会捡起这些曾经的
珍珠，曾经春天过的书香？

还是春天。小草们把汉字的雨
描写得淅淅沥沥。一抬头，看见
一些随遇而安的风吹过崖畔，
翻书一样，崖下，已经是野渡了。

一首歌里的句子怀抱可以老去的
时光。她的美丽，还定格在
一动不动的泛黄里。无声，
是她最后的清白，如一页无字的纸，
说出一些无尽的浩渺。

雨，停下来了。停下来聆听

发芽的声音。在细雨中学会挺胸的
台阶，且清且明，像是春季
无声的叮咛，像是她
在无人的舟里，写来的信。

飞泻或鸟鸣

夏天的雷声，把高低之间的
倾诉，渲染出成群飞翔的姿势。
或许是一种深爱，让
可以铺张的薇，竖起来生长。

——瀑布是峡的羽毛，把可以
跳跃的光，梳理出一种飞泻。
一气呵成，是相声中的
贯口，来不及在漩涡里平静。

近处的深潭，曾经是面镜子，
在讥笑瀑的跌落
之后，碎了，再也没有复原。

一些真心的掌声，出落成
奇花异树，把鸟鸣的鸣镶进
情歌一样的叶子，悠扬，

或者婉转。融入崖壁上如画的
意蕴，享受插曲般的缠绵。

低调。是从悬崖的挽留中
挣脱出来的悟：一尘不染，是
安详的源头。而高处，
是某次沉寂时才有的回望——

恍若隔世么？垂悬的钟乳石，
一半熟稔，一半陌生。

摇曳或陡峭

你以漫不经心的姿态醉出了
一方方错落有致。也许
是为某次梦境提供一个可以
寻觅的实体。

——那条小径以若隐若现的
味道黏住我的脚步。
就像从自己的心灵出发，
把峰回路转当作一次晨练，
或是潮汐之后的折返，一切
都在旧时光的封底上挪动。

你让怪石咬住的那棵树用伸向
未来的枝，描画你和我
饮酒时的可掬之态。一只
在树叶里潜伏的翠鸟，突然
飞起，仿佛发现了这些

脚窝

盆景的来历。

——重拾我早年的一封情书，
词汇在这园中。那些
摇曳或陡峭的字，组合出
奇异的绝美。你不说，
我也不说，就让它依旧替我
抒发着恋恋不舍。

崖上

一条干沟往上，崖上。
你在那里，是发暗的一点，如同
一块风干的石头。

风，在脚下追逐着落叶的
波浪。

这时的二胡，能放大一丛草的
肖像。你饮下了
这一面的夕阳，再饮
另一面的，新月。
沙梁一样的
夜，因你，有了一些硬朗。

鹰啊，你用旷远的
寂寞的嘶叫，把群山
点亮。

采石矶

试图把远眺做成诗句的，是那块
石头。攀附着一些青苔的
半浮半沉的石头。水流在此
生长余韵，一个踉跄，就
中秋了。

月，还保持着举杯的姿势。滴滴
甘露，以乳汁的声音
和汉字亲近。轻舟一样的引领，
不为开花，只为久未联系的
故人。

以过万重山的速度阅读这些变化，
草色新了。一阵风来，把
触摸的心愿镶进圆梦园的门柱里，
拿酒来，有桂花飘出一段香，
比春天的雨还要娇艳。

——不醉不归。就着月色，
把思绪掏空，就看见云里面的
广袤了。

太白楼

采集琉璃上的光，酿酒。或者
放进祖先一样的楼阁，伴着游子
回家的鼾声，梦见长江在天上
流。

从江里跳出来的金字，在门额上
游动需要仰视的
涟漪。拂衣向仙之后，见白帆点点，
荡漾。风月江天一并在此收下，
其中有诗句清茂。

楼阁的影子，似乎和灵墟山取得了
沟通，相互揣摩在内心
或长或短的潮汐中，化鹤，
接着隐去。

——回廊把折返与出发重叠在一起。

有韬光的神擦肩而过，那缕
轻盈留下的阔达，至今还在可以消愁的
醉意里，没有回音。

一卷卷诗章，也把光芒隐在发黄的
书页间，和不言不语的
楼阁一起，等待能够荡开涟漪的
禅机。

三元洞

依山。用陡峭保存诗的蜀道，或者
让飞檐衔绿枝招展此中的
从容。风吹来，浮在水上的感觉
牵来大唐的涛声。

倚栏的人看到远方的寂然，登临者
把冷汗藏在体外。是谁在想，
三元洞的药效不在人间，与云同行的
鸟鸣，曾在草叶上悬挂。

揉碎的阳光里有匾额上的金色，
如同锦绣河山送来的请柬。
而停步却常常和天色向晚临近——
洞中方半日啊，石凳还在
虚席以待。

——来了又走了，才有用不完的
回忆。一切都平静下来之后，
洞内和洞外的沟通，如同
渐渐长起的云烟，向东或向西，
全凭险峻留出的空隙。

翠螺山

把翠像汉字一样洒在如螺的
山坡。盘旋而上，岸边才是起点，
汲取了江水的字才是起点。

诗句跌宕，其中有我们的胸襟。
也和某次人生相符。挂在青松翠竹
之间的，是一群出土的风流，
和随着风流成功脱身的美，在美中
不足的当初。

也有石，惦记着当初的斧凿，
伸出一些凝固的战栗。在怡然之中，
让前朝的波涛，一次次退去；
让残存的痛，透露傲骨。

一些传说在此成为路径。沿着它，
走出或走不出，都有景色提供一种
抚慰，不是迷途。

万魁塔

可以镇河。可以让不可胜数的魁彦脱颖而出。
那么多典籍低下小小的身子，行进在
螺旋着向上的阶梯。把诵经的情怀敞开在
可以望远的高处，借一阵微风，关照延展着的
阡陌，和淡泊的街巷。

塔，一不小心就把太阳扛在肩上了。一不小心，
就把一种辽阔，放在胸襟的清亮里收藏了。

飞檐上悬垂的古意，以质朴的青绿讲述来自
天外的宽容，和人间正道。还把一些
绽放，植在潋滟的水波，等候红颜一样的荷，
吐露出低调而幸福的光华。

那只扯住烟霞的鹰嘴角，正把诗歌的铜片嵌在
心旷神怡的梦境。一个在水里长成的
月一样的洞门，赶来与如花的

脚窝

日子相依，相伴轻移脚踝的歌舞，和缀在
风调雨顺上的流苏。

而雄健，就在仪态万方的耸立之中沉吟。一见
倾心，已迎来一川迷人的回响。

文昌桥

在文章的流淌处束起一段细腰，你的醇美，
要放到临川才子的背影中去观照。
在水之上，驮着先贤们可以赴约的翰墨，
你把心底的念想，送进《牡丹亭》
能够复生的痴情中间。

有神来之笔。在束腰之处点亮一些仰望。
是谁

把左手浸在洗墨池沁人的清凉里，体会
那些以偶傥的姿势走出来的字，
汉字。让线装的帖繁衍出连接的意蕴，以及
不断充实的凭栏远眺。

用右手扶起宁静着的玉茗堂，有梦在遗址上
结出戏文。

脚窝

你的水袖在戏文里飘出可以惊艳的粼粼之色，
被兰花指徐徐
抻开。在抚河上空花瓣一样洒落的，是今朝
属于你的诗句。

而月光的裙裾，抵达了可以私语的岸。一种
隔河相望的倾慕，在灵魂之间，被你轻轻
一挽，就悄悄流淌出文章了。

物象

谁在陪？去流水的梦境里栽花的
人，一抬头，有远眺挂上了
鸟鸣，母语中的树，就在深深的
人世里，隐约可见了。

一朵云端坐在感觉中的厅堂。用
开花的咒语命名那些
盘根错节的影子，江湖上的
时光随之明亮，一些事物悬浮在
空中。

一枝一叶在漫不经心中成为物象
或物象的背景，摇曳是一种
美，静止是另一种美。
已经逝去的，也许是已知
和未知之间的纽带。
那阵风在转弯的时候，不小心，

脚窝

把一片云拧出了水。

世间的一切，在内心，都留有
或深或浅的痕迹。
为之静观，不失为一种
智慧。

唐槐

轻浮在风的扭动之后，置身事外了。
枝叶之外。和着曾经的梦，
他用相互的凝视，
给私语让开一条路。蜿蜒。阅尽
风花雪月。

梦里的光景美如贡品。如今，
这剩下的南柯
还是看不起移徙。根深才能
叶茂，他与古老结合
之后的回响，行云一样
喜欢无尽的天空。

——可以称之为博古架了。
以巍巍的沉睡，
辨识一些可以存之久远的段落。
在雨丝铸成的

脚窝

虹里，又一次找到
支撑的快感，用在风中的
不易察觉的晃动，
把根，向下深扎了一分。

又有一匹快马从线装书中
奔来，瓷器尖叫。
他回首漫天的繁星，不语。

明月山：沐浴、质朴和发亮的喧响（组诗）

青云栈道

向前。山在近旁有了梦。
人间的青云，一起
把栈道的身世引入缥缈，让后来者
忘记了
天堂之外的事，岁月无声。

石洞无声。星月从透明的唇边
揽来一些闪烁，
那粒，似滴未滴的绿，
充满聆听。一棵草的摇曳有未知的
沉浮，也许再无喧响，
再无重逢。

——独立于明月湖畔的你，

有沐浴过的
清亮，很像是一次新生。

云谷飞瀑

一再加深千年以来的高洁。天影
直挂，烟霞带着
被反复洗涤的水花，向下飞，
飞入微风的
怀抱——

由着黎明中亲昵嗓音的引领。

石头在足下绊住云，
让山谷隐去。
翻检一些旧册页，
玲珑，鱼鳞，以至玉龙，飞练
向下探寻，
似乎要找到最质朴的
小名。

一滴逸出的水，在
不知所措时回眸，看见了
撕裂般的痛……

仰山积雪

高处有垂怜之心。未化的
雪模仿了你的白头。
几粒零落的
星辰，在我的眩晕里
发出微光。

高啊。流逝的云，时光般
运走了秋意，
雁阵越过红尘，
不胜寒。这人世间的白头，
要磨碎多少坡
荒草，才能纷纷扬扬，

才能呈现这发亮的
山顶。你内心的丰富，干净
和起伏，都用这
积雪覆盖。我在仰望中
匍匐，仿佛经历过
拖曳的舟子，又回到了
故乡……

望月

手握一卷书。我听见汉字中的
五万里
苍茫，在静夜里起身，
在能够透过星星的寒窗里，
点燃一盏灯。

——所有的光，把这片辽阔
看做自己的来世，或明，
或暗，澄澈了一些事物的急，
青砖裸露方正。

树梢上的溪流挂在了
声音还不能挂住的檐角。
很多草芥，
在向往中发芽，抽叶
或者凋零。

空旷是此时被绽放的富贵。

有一粒露水，打击了

在山林的折叠中喑哑的喉咙。

我还是抬起头来，站在

最远的

距离留下的，最近的影子中。

母亲的照片

慈爱是钟声。从发黄的老照片背后
泛过来，淹没我，
淹没尘世间幽兰一样的孤寂，
点亮一盏盏灯笼。

黑白里的温馨是可以弥漫的
液体，模糊的双眼里
有什么在晃动。——多少年了，
我陷进文字的网，就没能
在钟声和温馨里抓住一些稀有的
元素，提炼告慰，以及
对恩慈恒久的理解，对信仰
不移的持重。

仰望。在有声和无声的包围里，
有一串心弦开放出花束，
让匍匐着的叶儿，被香气

拥抱，被慈爱拥抱——

久违的诗意，突然就有了

飞升。

坐禅

在一种貌似聊天的鸣叫里，
树叶归还给了树。我在
苍穹的缝隙中，看不到风的
擦痕。

岸边的青翠揽过一些涛声，
江水在远处回旋。有些飘飘的
衣袂顺从天空的后退，
没有谁挡得住疾驰的马蹄。

我在一些淡去的往事中淡去，
那曾经走动着的瞌睡，
据说是喂养了醒着的草，枯了，
自己还浑然不觉。

山坡的坐姿还在，还在
目空一切。枝头上善意的

提醒，依然是风——
没有下山的意思呢。

没有化蝶的意思呢——全然
没有微辞了，如我……

归来

用一两片羽毛的温暖回望已经结霜的
叶脉。人世间的火苗，仍在
飞鸟的弧线上
鸣叫着，等待一座座青山不倦的
迎迓——

我回来了！在湖水安静的表情下面，
是谣曲在歌唱之前的充盈。
其间的鱼群，在洄游的涌流里
也有过一丝丝慌乱。

——交出的云卷云舒，是否还有
当年的香，和勇敢？

还不能老得太快——山河明亮，
我要把余下的时间
节省着用，抹去冬眠的斑斑

锈迹，让萌发的青枝绿叶
以虬劲作骨。
让湖水带走摇曳的姿态，在
可以回望的光色里——

有我深情的呼吸，和呼吸里不断
波动的故土。

眺望

把电脑里的构想系上朝阳，为那片
爱，插上簇新的翅膀。就有风，
携着太湖的梦，葱茏了大阳山麓
不断高涨的希冀，我在南方，听到了
一个时代訇然拔节的声响。

那丛小花的摇曳，被鸟鸣贴在了
蔚蓝色的天幕，我把宽阔
启封，挥洒成此时最深情的眺望。
用亭亭玉立接受世界的拥戴，
让洁白的楼宇，收拢心心相印的
醉人春色，孕育夏日
缤纷的磅礴，憧憬秋天亮丽的
金黄。

站在智慧谷参天的背景里，
我舞动那朵祥云，扶助向上的飞翔。

一阵鼓声，鼓荡天弓一样的
羽翼，翩翩而起了让世人倾慕的
姹紫嫣红，在我可以漂浮的
周遭，铺张着国色天香。

融入科技城最恢弘的画卷里，千年
不过是一瞬。抒情，或者感怀，
都不如沉醉在风调雨顺，等那只
凤凰来仪，等那片桂花盛放。
等我用内心的光芒点燃那支火炬，
吟诵十万里江山的旖旎，
和飞扬……

吕剧：在想象中遇到的知音

把花蕾一样的情字用柔音托底。一步
跟跄，有寸断的柔肠在《李二嫂
改嫁》时关了房门。门外有雨淅沥。

我在雨外推敲那页唱腔中的留白，让
烈性扶起一条泥路，搭救
心底的那朵明亮。就有坠子、扬琴、
三弦、琵琶躬身相携，把一些
闲书，读出声来，浇灌发芽的影子，
和我在想象中遇到的知音。

……有串月光在谁的书包上绣出一片
大雪，飘飘洒洒，让我体贴
唱腔里的苍凉。一队人马端出
新酿的酒，让我在苍凉中学会婉转，
叠断桥，云遮月，把唱词
用老练的音色包好，翩翩出蝶翅一样的

起伏，和情深。

一声响亮！就有一段精致，在云外的
风中摇曳曲调里的荡漾。就有
一条纱巾，把花纹空出来的地方给这
荡漾细细流淌，不停，不息，
不到黄河心不死。然后，一语惊醒
梦中人。

太阳城：鸣叫、融化和驰骋的部分

1

天上的街市。日光用她的鸣叫
昭示心悦，金沙滩上的
倾听进入花香一样的弥漫。那滴露，
正完成一段善意，让镜头伸展
宜居的探寻。

置身此处，感觉有毛茸茸的初恋
一遍遍挠你。那些嫩叶的
闪光，是未经过雕琢的热情，和成片的
清新编织能发出乐声的蕊，
让白鹭湾与长笛相遇，万平口
在清澈中入神，出现在
梦里的栅栏像是生怕这一切随星群
腾云，默默地

站成肺腑一样的树干。

深呼吸，是和倒影贴在一起的
愿望。悠长的曼妙，在展翅之前，
已成为
视觉中最炫的部分。

2

竹有洞天。竹洞天把自己的袅袅
贴在那片翠上，十万滴
阳光越过付瞳河，给那片翠
添一些流动。岁月正值
葳蕤呀，谁都禁不住去辽阔自己。

侗族鼓楼也禁不住。

被鸽哨宽容过的金镶玉，摇曳
精装的封面。那些
可以销魂的影子，一页一页
在清香内部，潜移出
可以入诗的文字。这青绿的腰身，
集合了一个世纪的亲切，
可轻拂面颊，可读出心声，

可直达，一个
想念已久的名字，一个可以退到
深处的清澈。

一片叶，长出了小小的
翅。一片海，把明亮拧出了滴落。

3

海岸。那对情侣融化在蔚蓝的
炽盛里。十万粒沙赤着
脚，在更浩大的蛊惑中寻觅。世界
在那一刻回收感知，
幸福总是在光阴最新鲜的
涟漪中，不言不语。

港湾在洗涤一路风尘。那抹水韵
依靠着深邃，拉长午后的
明亮，一幅国画一样轻缓的
歌谣响了，缆绳
把归宿的心盘曲起来，系船柱
在安稳的姿势中，透出
庭院的纹理。

——把一双名字埋在铺张的洁净中，
等待发芽，等待远方蘸着风，
从枝繁叶茂间认出爱意……

4

露营公园。七彩斑斓是夏夜的
心房。低音区
是自在剪裁出来的
另一种光，知道良宵，欢愉，水里
噙着的呢喃，海岸在容纳风的
清凉。

停下脚步，让迷醉在公园的
星星掏出怀里的
诗句，有跫音衔着贾岛
在叩门。隐蔽的涛声到过大海最深的
地方，而木屋，一次次
把指向海边的蛙鼓
留给草叶，让天上的传说，
成为夜露的翅膀。

花粉在飘。远山一样的帐篷，
又一次，被留恋地张望。

5

东夷小镇。把小时候的印记装进
老冰棍里留言，一滴
化开的甜水洇出
糖画中的争斗，那枝柳丝拂出
和解。新长出的热闹
通向渔家，通向
民俗弥漫起来的味道。

四面环水，桥把曾经的神秘
连接成熟透的杏，
漩涡一样，每一圈波纹都携带着
被点燃的夕阳。伞，
刹那间盛开在街巷上镂空的
部分，像慈爱，
更像是祈祷。

春风拂过的脸庞，
把六一书院当成珍珠一样眨动温润的
眸子，看簇拥着她的
康庄大道。

6

观石。如读宋词。如手鼓
在惊蛰之后抒情地驰骋。灯塔，是
这时的热泪，亮着
银子般的信仰，和祝福。

广场上，有巨龙汲取天上的甘露，
寄付山海之间。听涛，
听远去的白云说起更广阔的
出神，入化，穿过
时间半开的舷窗，从帆的顶端拾取
风声，让素琴一样的爱恋
垂下睫毛，垂下
旷世的不离，不弃，一万年
信赖，在祖国的臂弯

——太阳城，每一处与生俱来的咏叹，
都有一颗健硕的
心脏，每一次深沉的脉动，都孕育着
喷薄而出，都有金色的
光……

春归雁荡

那一抹红，衔着春光
给雁荡
着色。湖水醒来，
灵岩在日照中长出修长的
湫。

春已归，雁未还。
此时的酒涡有说不出的
孤单。有个身影
在看不见的
湫边远眺，那枝绿叶摇了摇
头，风，把
那朵浮云带走。

草木响着。石头有向晚的
温柔。那柔里，
一半是春意，一半是
忧愁。

刻在星空的风（组诗）

蒲公英

飞了。也点亮深陷
在昨日的蔚蓝。又一次
来到山坡，看湖水
在没有边界的
地方，燃烧那么薄的
雪。

伞儿在飞。顶着明亮的琴声，
像是用眺望破解的
白云。心肠因此软了许多
——荡漾是一件
多么幸运的
事啊，而漂泊，就藏在
涟漪之后，

钟声久久不散。

这时的泪，手鼓，
雨点，都是可以逃避的事物。
而飘不是，家书
更不是。飘和家书，
带着空旷之后的
慰藉。

荡漾

老房子。在春风里睡成了
民宿。一片
一片光阴，是花市中的浅湾
白云，预订了
水路的荡漾。

我也荡漾。涟漪遇见澄澈
的美。一百多年
过去了，春风依旧
能吹出小径的
瘦，无数油菜花在心里
住过一个窑湾。

天下人的
窑湾。我在这里的
私生活，是春风花市。有人
看到了运河，一波
一波。

岁末

山水的怀抱庇佑新生。挂在
香樟尖上的磁场
接受过朝日。我把探究的
愿望写入祈祷，谁
曾临风一笑，"此心恋处
是我乡"，是为序。

有幸！对唱以诗笺的方式拉近
远遁的呓语。一年
将尽，遍地倾听被引力卷进
各自的年轮。而回声
不绝，如隐约的
翅。春草夏花因此留下
痕迹。

而新的配方仍深藏不露。

时光无奈，每一次
呼吸都有斧凿充当尾翼。路灯
是一个邻居，钢笔画也是
——我在雪地里的
那行脚窝，风，还没有
捡起……

风的骨头

如梅。一生中盛不下的
会在最冷时
怒放。在呼啸有声
之后咬紧牙关，不在乎是否
圆满，或者飘零。

也许之后又开始奔跑。
——还是学不会
做壁立的山峰。但无论在
家乡或异乡，嘶鸣中
总有那根坚硬。

一场微雨，漾开了墨。
竹管把眺望到的沙
写进石径。钟已经响起。我们

曾忘记了的，
风，都一一把它们刻在
星空。

新年

以回来的方式在门楣上溅起
红晕。故乡的
眼睛里，年，是那个
取走时间的人。

新生的念想延续着根的
伸展。春水
从芽孢中吟哦出
风铃的脆。奔跑着的酒香，
把已经过去了的，
看作受孕。

若隐若现的，也许是一条
新的航线。山水间，
那片桃花和彼岸
都在晃动，谣曲在响，走过
老街的蓝天，
有金属般的回音。

桂花村

把村头丢在时光之外的香收进如花的
心境。桂花村以不会凋谢的清丽，
向你张开，用一天中最好的太阳镶嵌的
膀臂。

你来了。用这里写意的熏风洗落一路风尘。
驻足的时候，你是可以吮吸阳光的
绿叶。宝石般的绿叶，被不期而至的笑声，
沐浴出敦厚，并且散发出可以流淌的
温情。

是飘着香的合作社，湛蓝了你的意念。
步行着的时辰，有了躬耕乐道的姿势和细密的
高度，让后来者一起感受
枝繁叶茂，根深蒂固。一起在扦插成林的
辞典中学习吉祥，和困知勉行的技巧。一起
席地而坐，像是待哺的燕，以及他们

情不自禁的沉陷。

茶叶上曾经的翠绿，正在升腾杯中的
水在泉里的明澈，以及她们
翻飞在阳光下的好客。

桂花村的香，就这样四散在可以照亮自己的
光芒里。就这样，把你托付给未来的日子，
不见不散。

一片叶子在落

鸟的翅膀里还没有秋风的
呓语。一片叶子，
如谁的抚慰的手指，向尘埃里
落去。我的尘埃，
比尘埃更低。灯光还没有
生根，伤口上
还有盐，还没有化成醒来的
泪滴。

她就在落。她的伸展，她的
青翠，还没有写进
告别赋里。也许她只是想
铺下一点柔软，让我在转身之前
有一粒慰藉。而我的
暮色已深，心头的曲子，
已经没有了音符，
一页纸，坠进自己的

雾里……

她，还在落。我能在此时
蜕一次皮，长出
一棵树么——让这下落成为返回，
枝头上，
再一次摇曳葱郁……

中秋（组诗）

中秋，夜

我难以置喙的一种敦厚是中秋夜。
我温暖。迟疑的墨用发亮的
空旷缭绕过的音响，
在风的身世被花开的香气遮蔽
之后，一言不发。

一言不发的，还有那顶圆圆的
如同果实的草帽。

因此有心清气爽被淡淡的茶色
浸透。我端坐在茶叶之上，
听一万里水声，引诱
寂寥在不同的高度抽出穗来，
或沉，或浮，

抚慰可以收割的宝石般的
晶莹。

一不小心，我的那声咳嗽，
恍若流星。

中秋，月

在中秋这棵老树上搁一块石头，
也能提供水一样的反光。
——我们看到的，是用汉字浸泡过的
水袖，在马背上一抛，
就接近了还在唐诗里平静着的
大海——

海上生明月。生一枚被树杈的扁担
挑起过的明月——

那一头是我，是我在草地上
磨一把
斧头，和关于桂树在夏天的
虫鸣的问题——被
吱呀起来，至今悬而未决。

圆了。被时间动过手脚的水的化身。
很像我用过的天体，在仰望时
经受了打磨。
零星的碎屑在攀缘之后停下来，
于隐约中一闪一闪。
仿佛什么也没有发生——
那走远了的马蹄，有些僻静，
有点单薄。

就有光，从高处流泻下来，和水
一样的脾气——
覆盖了能够覆盖的。邂逅的那块
石头，如曾经孤独过的，
我……

中秋

夜色退了一步。一江羽毛
在飞走之前，让水面坠落了
一些涛声。

怀了八个半月的明镜，盛满了
所有的空旷。此时的
目光，在浓浓的善意里开花，

一些记忆，
有了绿叶的形状。

从远方归来的亲人，是涌入的
枝条。树的摇曳，如同
拥抱的手臂。

鼾声响。有人梦见了水中
浮起的青山，无腮，
一样能让幸福像乳房般
拱出——

一样能让涛声在凝视中呼吸。

中秋帖

稻粒的喧哗里有月色的
饱满。如同你
脊背上发黑的闪光。一年一度，
我的仰望
在秋风的漫延中递进，
香气，赤足而来。

潮水赤足而来。又一次升起的

歌声有中秋的清澈，
一个团圆的话题越过了
沟隘。

你直起腰，让手掌上的触觉
感受旋转的悠扬，
那起飞的透明是内心的
透明，东山顶上，
有一片花开

——我在波动如钟的
心跳里，依靠着这一处父亲般的
山脉……

月光书

园中的白石溢出的情感。她说的
爱，剔透，让泉边的虚空，
又亮了一回。

万物，似乎因此
厚了一些。辽阔着的版图
让我的影子成了
蛰音的衣袂，谁在飘？

仿佛有传世的

乐器，在一寸一寸返青。

——内心无骨。正好在柔的

一面为千帆伴舞。

她的长发忽略了雪崩的

内涵，风，

吹来一片祥和。

——我可以涉过水去么？

月在写。凋谢的

浪花，一次次把曾经的白，

铺成归途。

左右

为难。在半山腰上，面对事物的
两个方面。云儿慢了下来，
看着你手中的烟缕，
几乎要靠近云的下颏。你紧锁的
眉心，还像块石头，
一任小溪的水，不知疲倦地
清亮着向前。

索性，纵身一跃——不料，又跌入
等在那里的深潭！
想起落下时，四周变幻着的
表情，你才觉察，
在倒影里呈现的不过是风的
沉默，沉默如同黑洞
——就像那次出入，祸福
只在一瞬间。

在潭水里，抓不住任何东西了，
随遇而安是原地打转——
想不到，明月当头，每动一下
都有珠玉飞起：
这就是那种……逢源？！

遥望庚子黄鹤楼

其中的黄鹤还没有回来。之前的
浪花，一朵一朵，
来到楼前，都是沉重。无法
俯拾。

庚子是一块石头。

其中的风霜，其中的雨雪，何止
你遥望着的冷硬。

已经有人，听不到春天的
鸣叫了。

一片云，有着逾一万米的
白，还有孤独，
慈恩，以及所赐的起身的心跳，
柳丝越过

崎岖，鼓起拳头——

石头会醒来。好多人，在青天下
沐浴鸟鸣……

赴约

他抚摸着那页有着水纹的信笺，
让泪，在回眸时结出了风铃。

——《起伏》

那瓣桃花

必须是月华可以栖的那片静水。在那片
有着总也走不完的，栈道的
芦苇深处，静水不静。
筱筱，你发丝上的那瓣桃花，从我的
诗中走出，要在这里落户了。

就不走了么，筱筱？一声扑啦啦的
翅响，就有小雨飘来，
我无伞啊，筱筱！
你，会把我写给你的云中锦书
铺展开来么？

那些绯红的汉字，那些在你的
圈养之后
长出春风的汉字，会在这里
发芽么？

那滴欲说还休的雨，有着桃花的
颜色了，筱筱！

曾经在我的船下读书的，小小的鱼儿，
已蛰伏于栈道的
第九百九十九根肋骨。串串水泡，
是唐朝汪伦
解出来的风情，和倾慕。

我真的可以置身在山林之外，
种睡莲，养茨菰，把归隐当作一次流浪，
让桃花的鸣叫，
成为你颈上的珍珠？

那年的风吹着，吹着一些倒影，
越来越瘦。那年的风，
吹着柳梢上的月，红得像灯笼。
那年的风，
说息就息了，息出一些细水长流。

筱筱，那些诗句，有着密集的
栈道一样的方向了。

筱筱啊，你在，桃花在，我就不会走失。

我，就会把和你去古镇的这天，
用栈道边的春水，灼灼成桃花汛，漫过
尘世上，所有闲愁的光阴。

那一刻

你让莎车长出琴弦，每一根弦里
都荡起涟漪，收买我的波动。

徘徊的空白处，世界浮出清香。
我听见，在经年的守候中
隐忍的那根藤，有了拔节的声音，
——石头
是用折叠的思念构成。

急急升起的风，把我的白发吹乱，
巴旦姆！前世的
追寻，终于遇到可以抚慰的暖阳，
——见到你，就是柳暗花明。

那一刻，不是在梦里。今生的
清澈就交给你了——
日日与君好，如同拥抱爱的图腾。

失散的赴约

于漂泊之后，在这里写下乡音。
你要倾听。一层一层的盆景，在不同的高度
浓烈出色彩的回声。有七八个星
在天外，看擦肩而过的雨滴，已非草木。
我曾有情。

用双声叠韵承担同样的等待。低音区，
是我的全部，存贮了不曾言说的拒绝和守望。
一些散落的词，是你不经意间的回眸，
和风的闪光。沙滩上，密集了春天的长处。
我在有你的四月里，飘飘欲仙。

你要原谅。那些虫鸣的意外，是钓鱼台
被隐去的部分。我把礁石上的水印
写成了水银，就有月光，镀亮一些柔软。

我是你在鸡啼声里留下的味道。一字一句，

脚窝

衔着海浪的白，和泪水的盐，刻画
沉沦之前的从容。不远处是火焰，红得
像你的心动，通向那朵飞行着的绽放。

仙叠岩。就在仙叠岩，我把失散多年的
赴约，当成了你的怀抱。因此，
有一瓣无辜的桃花，惊飞了那只白鸟。

空杯子

那时的空
去南方下了一场小雨。说书人
把眼里的泥泞
扔给了朝纲，杯子，
像收拢了翅膀的
林中鸟，续水……且听下回
分解。

再次翻上屋顶的杯子
加持了最后的
光。空，是一种
倾诉，繁华之后的孤独，
在枝头。

在月黑风高夜。一声
断喝，是重新
归来的忏悔——杯子，又
空了！

重逢的疼

早起的鸟儿，把退隐江湖的美，
留给石榴花一样的歌儿了。在依旧的
五月，你想要的暗香，已经如同
穿行过峡谷的水，如同
因月圆而生的咏叹，让人着迷。

令人着迷。云儿说淡就淡了。像是我
拉长的诗句。那方年代久远的玉，
古朴到可以温润泛黄的书页。在南阳，
一些景色，成为推波助澜的曲调，唤起你
记忆中收敛过的鸟鸣，和眼泪。
叶儿稀。

叶儿就在火辣辣的承袭中小小地稀。我
把重逢带来的疼，叫成你的名字，
一次次蜿蜒在月色的覆盖中。蓬勃。
成摇曳的花蕊，并且择树而栖。

好多年了，流水晃漾不停。你的清澈，
是山歌的影子，拥有民间的
源泉——

在民间的星光里不断生长着的大道，
和倩丽。

遇雨

在丰腴里遇着。雨是前朝的
骨感。这时的风，
吹来纵身的
感觉，一跃而成今生的
迷，醉在雨里。

醒在雨里。雨，不紧不慢，
步子，不紧不慢。
都回不了少年。

……牵起手，跑，
向雨珠的晶亮。只是时光
不想走——雨停在
最不该停的
中年。老房檐下，已没有
淅淅沥沥。

小朱湾

天上的一湾。童周岭村用碧水的
啼鸣，丰满这湾早起的清亮。

小风把好天气的蓬勃吹出香甜。
那片绿，又一次扶摇而上
天际。两个黄鹂，
在朝南的枝上诉说蓝图里
发芽的希冀和茁壮。

小朱湾，优雅如荷叶上滑动的珍珠，
且在怦然心动的
绵绵里，插上了翅膀……

阳光的味道

盛开的油菜花！油菜花上结满
阳光，春天的花瓣，
一片一片，倾诉被放开的
眩晕。

我打扫过的山道上，飞来一只
蝶，火焰般，加速了
一颗动着的心。近处的桥，
也接来花一样的
鳞片，等待谁的陷落。

等待谁
娶了两岸的景色，让昨夜的梦，
越来越近。

这时的水是春水，煮着

阳光。鸟儿一定是

嗅出了什么，不等说出，就看见

又来了一片鱼群……

守望和相思

那夜的胡同在月牙的想象中很短。诗很短。
一些词，还在街灯的光晕里，猫着。

新月如钩。谁用我守望的裙裾，芬芳
所有相思的日子。我的影子，重叠在你
身影的黑中最纯的部分。让仅有的
流动，栖在诗歌的枝，和天河的源头。
长发飘飘，远处的梦境开始歌唱。

一滴奔跑着的爱，已经洞穿曾经的饥渴
和他的渡口。那只舟，接过被鹊桥
思念过的脚步，进入你的心灵。阳光
出生。花，香在那些
轻盈的羽毛中央，一尘不染。

七夕之夜。沿着短短的胡同，情歌，
在金风的回旋低吟中，越来越长。

会飞的云朵

让那些传说像星斗一样在天庭闪烁。美丽
如可以在你的长发上停留的，红蜻蜓。
有珠玉的颜色，是若隐若现的
优雅，不曾在没有底气的冷落中湮没。

观你，你就用浩瀚抚慰我。是纯粹的浩瀚。
不言而喻着世间的想象，月色因此
变淡。在风中平展开来的天涯，开始
想念海角。

背向你，你就用一根遥远的刺，深深地扎向我。
仅仅是要启明么？遍地生长着的辗转反侧，
是你在隐隐作痛中可以和解的部分。
我念过的名字，心跳耳热，能够像先前一样，
闻鸡起舞么？

听见你守护着的织女和牛郎们

脚窝

心跳的声音了。

一种声音，可以牵动脚步，去容纳纷乱。一个
节日，可以唤起家乡眼眸中熠熠的光。
就如一段传说，可以扶植抒情在星斗般的
词语里成为不竭的河。唯一的银河，
如同唯一的谷仓，可以安放魂牵梦绕的鹊桥，
和云朵。

会飞的云朵。就在你我的观望中，结出
可以绯红的籽，落在不老的前世今生，
生根发芽了。

承接你的回眸

简略到可以在手掌中承接你的回眸。
如同金风送去的
爽。月色里的圆润，一滴滴落在
我吟过的荷，叶一样的盘中了。

一滴滴落在经久不衰的念想里，
年复一年，闪烁着
可以七彩的清澈，茂盛了。

可以沏茶。把儿孙们的咳嗽
收进壁上静止的
良田。让耕读不绝于耳。让丝竹之音，
去茶杯的高远里
袅袅。而乐不思蜀。

玉露。在朗诵的余韵里长出一些轻波。
舞台的侧幕，悬垂长笛的

脚窝

细腻，不落窠臼。让沾着轻波的黑发白发，
都流淌出朝气，
弹指间，遥看一千河。

就用你的回眸在承接的过程中巡天。并且，
以相逢的姿势，掠过那些写意的
山水，和山水背后
无人去过的小路。风光，在风光无限处
筑巢，引诱那些平心静气的人。

沿着河走

每一步，都有迟返的涟漪
带着波动的倒影。
晚到的藤蔓有快马之心，在此时
发呆的是那块石头。
而树上的叶，似乎是要修改
昨夜飘来的暗号。

风里的香渐渐清澈起来，融进
诗句的有鸟鸣的味道。
这是南方，流水伴着小径，
不动声色地
把一次漫无目的的穿越，
编织成拥抱——

我也有河的流向，拐了个弯，
就被古老的月，照耀……

周庄：春望或地平线的召唤（组诗）

指归春望

系在飞檐上的春，
饱满了我从异乡携来的念想，油菜花
瞬间抵达远处的山峦。
而玲珑的线条，在就近的水波中
开出蝴蝶结，这遇见的
荡漾，美如初恋。

我在指归阁恰到好处的
韵脚里听花开的
声音。那含苞的阳光仿佛一朵花
最羞涩的状态。
柳绿欲靠近那抹红，鸟儿
在穿针引线。

麦苗儿的青，在慢镜头里追上了
风，风吹来蝶翅的
热爱，我呼吸此时的青涟。低处的
柔暖融化在锁骨一样的
香里，是谁，在四野横渡，用尽
十万顷天空的蓝。

有一辆单车在春色中穿过，
鹤一样，迎风招展。
一朵一朵祥云，于远山的深处
浮起舟楫，渡盈盈的
爱，也接受由此产生的琴音，
是四月，我在人间……

庄田落雁

拉近了。南湖在春风扫过的波纹里
拉近了与庄田的
刻度，等雁来，等雁在芦花
泛白时带来
滑翔机一样的降落，落日进入
地平线。

南来的喧腾如香蒲的穗，欢乐中

含有小剂量的梦幻。山川
依旧，总有飘逸赋予它
新的轮廓。玉做的钟声一遍遍写进
暮色，圩畔淙淙，
仿佛那册打开的经卷。

月下又见镂空的夜。
帷幔合拢
如同盛大的退潮。最深刻的
召唤在低处，草根
拥有谜底。而芦苇与湖构成的朦胧，
因为雁的存在，有了
心跳，有了可以起飞的
岸。

急水扬帆

……扬起的这片白云，
是宽阔伸展的气魄。
——夺得了夕照的金色，也依偎着
波涛，蓬勃心中的
那份柔软。

在急水港，碧水横逸

明媚的枝条，

信赖月色的回旋。桅灯奉献热望，

星辰在退隐后的空旷里，

留下和煦的风。栖息的云

去破浪的梦境里，

演绎万马奔驰，成就了

青青的草原上最壮观的赛事，草尖

泪光闪闪。

——那一望无际的起伏，总是

对高扬的

事物充满好感

——祖国啊，辉煌或者依恋，

是百舸劈开浊浪之后，

在平静的倒影里，内心响起的

那声召唤……

起伏

让蓄积已久的柔情从静水中
开放出来。把火焰的
影子，结合进
失而复得的飘逸，长发在风中
移动。

他在成熟的麦浪中起伏，像极了
那阵悠远，而又若隐若现的
笛声。柳叶止不住，在民谣中摇摆，
傍水而居的倒影，
于涟漪中，再次失去了
平静。

——多年以后，他抚摸着那页
有着水纹的信笺，
让泪，在回眸时结出了风铃。

月还在

这茶的馨，又攀上柳梢的梢，
开出了一叶苦艾。
月携风来，掀开春去春又回的
咒语
——谁的嘴唇紧闭，把喧动的
季节留在了窗外？

窗内的波澜无痕。读过的书
还停留在折起的章节，
已有的尘心
露出巢穴的空荡，如同
献出了石头的河流。
宽阔，是另一种等待。

月还在。一页一页皎洁，
适合演奏面朝大海。
由此而来的一个个汉字，

以分行的姿态，
又让谁，发出"见诗如面"的
感慨？

风向我吹

然后是玫瑰。五月们一页页展开
可以纵情的那瓣月。管弦
齐鸣。羽，再美一分就成了
裘。一匹快马，涌动千种沉醉。

水袖三千里。蝶翅上的花纹
误入卷帘，不见不散，
又不露声色，一任风吹。

——挡不住了，曾经的歌谣
绽开在矜持的花径，
短笛划破幽深。铺天盖地而来的，
是忆，透过绫绡绕着梦回……

只有一袭青衫的我，在风中
抖不开折扇，
依栏，藏半袖谦卑……

咖啡馆

咖啡馆里心跳的茶色，被下午的
低调引领。我带来的高谈
阔论一点点凋谢，喂养了雨中的
绿。你的裙裾的绿。

我把打开的季节深埋心底。有些
模糊了，此时的世界，
在清香的力量中与你的小锁骨
相遇。偏安的是那本书，
一言不发，好像已经知道了
结局。

——有些折磨，是在不停地
放电中最需要的灌溉。
我没能看清的桃花，把偶然
当成了必需。

欲望的果子用含盐的部分推动了
一些失眠，
销蚀就销蚀吧，一次次剜掉的，
是在你怀中开过了的
记忆。

我还是捧起那本书吧，杯子
和书页一样干净。
续上的袅袅，穿过那畦安静的
暮年，看得出来，已然
不用在等你。

空瓶子

花儿缺席。对凋谢的理解
不排除欲念的接踵。
在案头的某个时段重复久违的
场景，盈了还空。

——原本不空。土或石的
等待，曾是种子的眠床，却在
焦灼中脱颖而出，
朝圣一样，旋向摆脱过去的
膨胀，或者上升——
在空灵中儒雅，
去火光里，曲线玲珑。

……可以吸吮。空气用战栗
完成对飞升的研究，
不为人知的底部有着响应的
含意。此时无语——恰巧

吐出了乐声：不过是对于自己的
挖掘，对于充实的渴望，
以及关于肌肤
在凝视中的洁白，或者
透明。

——接过那点秘而不宣的意蕴，
碎了，也不轻易消融。

路口

用清辉留在路口的嘴唇，我等
一个吻。薄暮初上，
我分不清的颜色被车流
带走。一朵云，真的是一朵云，落在
我的身旁，携着一段笛音。

路口也有后院。你的腰肢带来
我年轻时的红晕，一块
红晕，给在微信里折断的话，
添上心跳。后院里的
香樟，叶儿攀上了微风，闭着
眼，不闻不问。

红尘清澈。红尘也说着美丽的
天气，弯腰和抬脚都随
你们的便吧。她在树枝上荡着
秋千，似乎看见了海，

用潮沐浴，每一个有情的人。

——后来就走远了。走远了的
回音里，有一弯水印……

枯荷

池塘无言。暮色落在涟漪上。
木桥边的风若有
所思，那截枯木做的
桥墩有鱼相伴。

枯荷也有。

光阴中小荷的尖角打动过
蜻蜓。现在回不来了。就像
榕树上的叫声，
连回音也回不来了。水波
弯着但在向前。

走远了的往事不回头。枯荷
也不回头——
它看见小鱼吐出的泡泡上，
坐着一个月亮。

眼泪是最小的海

关上窗。关上雨声未尽的
蓬勃。这时的海，
不是碧波，万顷落花扑向大地，
雷声，已远。

凉意泛起。缩紧的身子
一遍遍在漩涡里挣扎，四周
都是乌云，岸，尚未筑起。

眼泪是最小的海。源头的
呼唤，再没有薄荷的香。那个地方，
是不愿触及的过往，看似深井，
却装满了海水。

关上窗。关上更深的
陷落。睫毛上的弯曲，很像是
桥在跨海。

另类

不攀亲。在硕果之间伸出的
刺，石头。掉头
而去的，风，以及在
水面上留下的
深不可测的，背影。

一如在别人都站着的
时候，我坐着。
长期以来，飞翔的那座山，
有月色的划痕。
积雪中的一片叶子，
镶深埋过的黑。

在消失后闪现的，
书信里的口哨。羊毛上的
红痣。这眼前的
伤疤中羞答答的玉兰花，

这青脊。

水波中泛起的霜，有跌落的
声音。

凛冽

掉头而去。冷脸带起的刀光，
让看不见的命运陡然

失去弹性。悬崖。
雪海。那串串欲落未落的小雨，
早已化作漫天
飞舞的冰花，如萤。

黑下来的时光如同那次背叛，
世态因此结冰。重新
开始的荒凉似乎没有终点。冰雹
用摩擦产生的痛苦，
把裂开的地壳，又扩大了几重。

风来了。想不到被盼望着的
到来，还带着
被冷酷反复磨尖的钢钉……

凌乱

整个下午都是。沙漏中的
每一粒，都在荡起
涟漪。翻开的书，有盗版的句子。
窗外的野渡，
一次次屏住呼吸。

扁舟忽隐忽现。桨上的
桃枝，开出枯荷的疼。水波瘦着，
躲在紫砂壶的肋间。雪花
在手机铃声之后飘起。

——回不到岸上了。你眼前的
背影还在，可心空了。

……围城里的纠结，
忽然就有了纵深，盛满草的
凌乱，又如冰般锋利。

轻舟已过

葱茏起伏。群马无限地接近
繁花。两个人
带来的明媚已有了香气。
那一层红，穿过
千山，如一枚闲章，
摁住行吟的风。

——雨季会来得晚些。白鹭
会来得迟些。抚琴，
对弈，不知窗外
谁在老去，相看的静水，
也深流。

空旷把持着遐思。恍惚间，
轻舟已过。隔着一幅
画，这个下午，在蝴蝶
滞留之前，草木
已亮起余情。

某一天

是取出的一粒碎玉。碎如星光。
也如溃坝的库底，
那一片闪着夕晖的鱼鳞。

——柳的荡漾，推开了向晚的
小径和不愿向晚的风。
我是小径上
被蝉声摁住的那次私奔

——我还想着的你，是不是
在随波逐流之后，已经
落地生根？

只是在浩渺的长河里，为什么
会有一朵慢下来的云……

为什么，那朵云里，有串

杂沓的心跳，还带着某一天
不愿退去的体温？

——在醒来的梦里，我的手，
仍抓着一片
薄如蝉翼的旧闻……

睡美人

一直在人间。护佑山坡在传说中的
连绵，让树林宁静，云层
自由自在，与那么多的风调雨顺
相伴，抹去落叶带来的皱纹。
和光同尘。和明澈的草地一样默默的
绿。以一种希望，让我们
描述。也有在一夜之间终于清脆的
滴答声，让我们滋润。

让坝子心怀自然。让九姊妹打开
惊心动魄的伞，飞溅
一些珠玉的声色，五彩缤纷。

一直在人间。把涟漪的裙裾
置办给会唱歌的石头，让诗词一样的
溶洞，透露春天的意味深长。
一次次花开，迎风，迎候，不在乎

我们曾是外乡人。

让我们在高处梦想，向上生长
四季的柔情，也沿着琴弦的
边缘，在花间低吟。
——爱着的一切，就在身旁，
如霞，似锦，
似襁褓边的手，抚摸，也笼罩着
我们。

——如同齐刷刷伸展的芽儿，
我们不约而同，
喊出了：母——亲——！

洞穿（组诗）

密林读书

秋色可吟，深山安静。
密林的宽容里有人用书页去远方
运潮汐。
窗外，被慢时光牵着的真相
一点点暗下来，
海岸线，搂紧自己。

后来，据说有一万颗星星在树上
采集过海的种子。
一万滴雨，通过树的
年轮，抵达江湖。

我听到冰山炸裂的初响

回声还没有回来。风的抚摸把一路

脚窝

狂奔的刀融入雪域，
我在明月里披一身赞歌。面对
深渊打开心房
——有什么在闪耀
晶莹，繁花，燃烧酥油一样
的猛烈。

久违的擂台。把久违的血酒
带进时间的肝胆，
置身于雷霆的花苞里。深处的
沉溺有一点痛
在苏醒，仿佛被戈壁
仰望的峰顶，有一星风铃
摇曳。

我打捞起自省的卷轴，让失控的
梦不再被拆开。
山体在此时的吸收，是一次
重逢的前奏，
飘带般的充沛，痴痴地，从胸前
荡过。

敛尽半生慈祥，
扯不住乱石在近乡的惶恐

——我听到
冰山炸裂的初响，美如韶乐。

北风那个吹

只一句，肉身里就掀开了
闸门，那些
没有飘远的光阴，回来了，红头绳
未曾褪色。

漫天风雪就回来了。我看见
雪花白，门自开。
门外站着北风，那个吹。

北风那个吹。还有多少人
会明白，一年到头的
风，咋会在这个时候，吹出了
雪花，一片白。

一片白了，二尺红头绳
带回的那点欢乐，
咋就像雪，那么快就化了，
一片白。

未曾褪色，说的是记忆。
北风，说的是已经过去了的事，
曾经装满冰水。

洞穿

落日一下子点燃了荒原。这时的
水，在小溪
盲目的追随中，复活。

深深地打捞起在天边含苞的
低音。去年的干花
顶着一粒可以摇曳的露珠，
烧尽独处时的
海滩。浇花的人，在高山之上，
晃动巍峨。

飘起来了！傍晚的岸，正在
打铁。一朵云的美
正通过谁的嗓子，一些圆润，
垄断了跳崖的余热。

风铃是后来的回味。
那阵歌吟，曾洞穿又一年的
隔膜。

何必弹琴

琴，也可以留白。可以在默片
成为天气时，伴一头牛。

此时叶儿正新，花，刚刚剔去
沉重。兵刃收敛了气数。
河边的弯
住上了蚯蚓，风儿的弧线中
灌满了酒。

——操琴的人，半醉
半醒，
在旁观的卷折里，袖手。

雷雨之夜

雷在返程的途中留白，用闪电，
用河畔的钟楼
在停顿时指向的快门。

宋时的大雨趁机抓住了一个
现代女人的
欲望。逃命的车灯用足了
夜的坦诚，

流向可以是撇开蜿蜒的
那部分。

流水用怀抱收留了树叶的归宿。
那块石头的复活，
要等候黎明，牵来白云。

一滴雨

一滴雨读完旅途上芦叶划开的
爪印。一条鱼
吞吃了一朵气泡。

仙人桥边，一些湍急彻夜未归。

人间的慈姑把它的箭指向天空，
悬而未发。
一滴雨抚了抚
虚构的火焰，有所不为。

顺着时光，一滴雨在很远的
背影里，看到了流水。

白云深处

一段段推进棉花的想象。在深处，
羌笛把薄薄的月光
置于你折过的柳枝上。此时的
温暖，已经向西，
出了阳关。

今夜，无色的时间
足够渲染一对对逼近唐朝的
翅膀。会飞多好啊，
多远的苍茫
都不会密不透风，都不会让风，
阻隔一木参天。

——那飘逸而来的，
是你容纳了前世的皎洁，让簇拥，
成为必然。

山居

埋首在用飘来的秋水隐藏过的
日子里。静。岁月的
划痕在自己
跑过的路上迷失了，一片片叶子把雨季的

倒影放进莽苍苍的纵深
之中。山居，用内部的光源
丈量未来的秘密。

风，在走过的小径上拐弯。让虫鸣寻找
更近的窗，
和退到白色的窗前，
被送往天空的绿树模仿过的
你。

黛玉

竹爱很窄的腰身。竹在落雨。
石子漫过，让曲折
迎步。三间房内，多年前的诗书
隔着帘儿听香在罩内
盘旋而上，
袅袅，都是独弦上的清音。

残漏到天明。残漏在窗纱上
湿了。

——潇湘馆里，指尖上的凉意
犹在。

葬花的人儿
再没回来。再无凤来仪。

宝钗

若水。守望着雪的故乡
和可以倒叙的
海，隔岸的山岚里，有玎珰的
银饰，垂钓谷底的云朵。

——很像是湖和湖畔的
大道，也蜿蜒。却不动声色，
让手帕上的蝶儿，
如花瓣，慢慢滴落。

可以传世。在肥硕里优雅，
在凉薄中从容。
所到之处，留下足够释怀的
余波。

用中年之眼看世事，不说
关山已远，只以
圆融，为生存，提供
一种珍摄。

街角

光亮是入口分娩的戏文。听经的
人，被雨丝牵着，
让伞，一遍遍扩音。

也许转过去，就是另外一个
篇章了。窗的明灭，
与开花的节奏，
不在同一所能够进出的
门。

一滴雨赶来，为招贴画的祈祷，
画上一个逗号。
只是，那个位置，竟能丰富
等待的眼神。

琴声

画面外的小桥很慢。桥下的流水
有琴的波纹，
很慢。怀抱里的白云，把很多年前
落日一样的红带过来了，
涌动一些沧桑，
小提琴有了微雨的缠绵。

街头的清澈里藏不住往事的回响。

有落花飘，有月色颤。

十万里莺声卸下一弯群山。

亮翅的孤独，

一再把悔意搁在一个秋天之上，

不落款。

一再让那片落日穿过弦上的泪，

声声慢。

这一朵白

飘过来了。一团和气把做过蓝的

伴娘的体香

融进这一朵白。一朵正在

发育的白。

在乌拉盖草原的琴声里停靠的

羞涩，就是这一朵白。

那年的雪，把无穷的纯粹埋在

芍药沟的沉寂里，

像一场午夜的睡眠，汲取星光，呓语，

深邃和旧爱。而在雨季

来临之前返航的，就有这一朵
白。

乌拉盖河泛起细浪的嗓音里，有
这一朵白。淬炼过的
月色鸣响的
钟声中，有这一朵白。在成吉思汗
边墙，饮尽悲辛
而挥动的纱巾上，有这
一朵白。

一朵白又一次出发了，它洇开千年
无尽的感受，就如
那踱步的前额，
在深深的沉默中，只晃动满头的
白。

秋天的天

秋天那么大，如果你来，请带上
一叶扁舟。

我会把一片蓝，洗了又洗。
仿若古典的湖水

把盛装植在梦幻的巢里
——不用棹桨，
只听凭，心的漂流。

说着说着，就来到深处，
我看见你低头，如同在儿时的
麦秸垛上，
听一弯新月，在水中
滞留——

我们停下来的时候，大雁
排成了远方。
你挥动的柳丝，像是一阕词，
盛不下：天凉……月
如钩……

孤

在山河之外。揽不住三尺
白云。喜欢用计。
埋了光阴又掀起光阴。

有凡心，常叹美人迟暮，天下
尚未归顺。

想用一杯水平息纷争，却
担不起一桶水。

狼烟起。云和月，趁夜跑了
八千里路，丢下你，
在沧桑中打盹。

声音

在某次无法探究的过往中
丢失。风，散了。
布谷声画出弧线的历史，
被远方洗劫一空。

结局，在引力波抵达的
大地上，依稀浮现。

"我是谁？"从石缝中
攀援而上的一个声音，
让流逝的岁月，疲惫得
无法回答。

听荷

月光停下来了。如同
你的脚步，停下来——让所有的
清澈在耳畔含苞。

在月光下含苞。
旁若无人。不问周围有没有蝴蝶、
蜻蜓，和圆润的水珠。
像空谷里的幽兰，或者是母亲
在灯下的缝纫。

还是有一声水响，如同急促的
呼吸——像是要把世上的
红，都装进那一句独白，溅起
与阳光的婚期。

背影

那天下午。花儿闭合的过程。
石钟乳。你走后的
翻腾以凝固的姿态解释无语，
一寸一寸回忆，铺在
你行程的秒针里。

铺在你回转的脚步里。书页上，
还是旧的折痕……

电影中的桥段涌来。一次次，
飘进早生的华发。用夜幕
倾听，一朵貌似淡定的光斑。

曹植公园

就有惊鸿在听涛之后飞不走了。我
也不走。镜头里的十七孔桥，
在水中留下一些清脆的波，绿波。
以才高八斗的单纯，与长天秋水
茂盛在一起。让这些亭、台、塔、轩，
点亮透明的枝，摇曳鸟语花香。

我在那只船上看水里的草和鱼儿
一次次筑巢。阳光一遍遍走来，
把泊在岸边的影子，移动到爱情的
书页中间。古色古香。
是对岸以邂逅的方式采摘的
风情，一万种，简约到
可以亲近的宓妃，可以疗疾的
风骨。

在今朝。我呼吸着水色的清澈，

和曹植公园用明媚炼制的
典雅。一不小心，竟把微信掉进了
别有洞天，捡起来，是熏风
吹开的桂花，让周围都溢出了
香气。

陪我漫步的是一节叫做通幽的
曲径，不长不短，
像是在书页中伸出软臂的诗句。

我是诗句里可以体贴的字，被
芬芳衔着，在枝繁叶茂的风景里
走不出来了。

在古栗园

——不愿让自己的香堕入流行。
五月的月亮湖，把余波
当作接纳的前奏，就有一只去年
飞走的蝶儿，开始摇曳
我外衣的前程。

——迷路了。之前的桃花岛可以
极目远眺，高，或者远，都有
瞻仰在其间筑巢；一种
叫不出名字的花草，把叶子
放在树荫下茂盛，
像是指示通幽的低处更适合进化，
更适合让我体内的悠闲和匆忙，
有一点互动。

而此地以三百年长成的树冠，
作为遮蔽的同伴，全不顾我已经

飘摇的心旌。弥漫着的
清一色的异香，让我一再惶惑。
——山重水复了，
恋爱了的枝杈在夕阳的余光里
露出窃喜，
我只好用手机的铃声，
把记忆中的回路，一一唤醒。

在古栗园。两只母鸡
用旁若无人的
踱步，成就了她们的原乡。
我只想抱紧那柱古木，
看看能不能和我一起疯长，疯长出
一幕多余的背景。

白水山

从不老的青翠间飘落，露水注进了
瀑布。时光，总有些意外之举，比如
在悠闲之后的倾倒。

山，不声不响，像是饱含汁液的
仙桃。注定是要成熟的，
对前路的渴望被新生的芽孢
冲撞得激动起来，私定终身或者
月夜潜逃。只是有着
苔痕一般的流连——
于远离之时，在山的肌肤上，
一遍遍寻找——

哪些秀色被抽成了丝，哪些丝
缠绕出白练一样的窈窕。
用内心的急缓给细腰般的泉水
备下锦书，给那些
被滋养的稻谷，起名：丝苗……

海蚀洞

辞别古海。还是被抽空私定过的
盟约，完整的一颗心，
多了一条让风自由来去的跑道。

还在这世间。把那点红和嵯峨一起，裸露
给重逢时的平静。其中的过客，看上了
通幽之美，一任风，把一些凉意，抹在得而复失
的崖头，以及石台上的落寞。

水做的藤蔓以无休止的盘绕推开月的
落款。长廊更长，静夜更静。石壁上的
香气犹如一支古老的谣曲，散了
又来，在回首时袅袅。

还会上演么？一块红砂岩羞怯出
芬芳的表情，胸前的起伏，像是诗中
的柔。

湖心岛

走过清浅。湖心岛，在一束聚光的
深邃里亮相，像是飞来的
好时光，让绿意荡漾出桨声。

——剧场的等待是一连串的省略。
风，在琴弦上飘起旗袍一样的
优雅。收拾一些倒影，比如落日，树荫，飞鸟。
让她们在自家的舞台上一鸣
惊人，或者，以沐浴过的身段
掀起一阵闪光。

——屏住呼吸，天幕上出现"二龙争珠"。
那瓢明月，于似饮未饮之间，圆缺
变换，有人浑然不觉。
在掌声的波和镜面的平里，
湖心岛，总是一言不发，留那句
喝彩，或者是思悟，给你。

最忆是西湖

用梦回的背影中还有余温的
黄酒，
认取那丛丝竹。水波上的
诗经，着一袭长衫，
把微雨留在了谁的断桥，
谁的三潭。

湖面在斜倚的心事里一点点
漾开。草木就慢了下来，
一些水流就慢了下来。随手捡起
易碎的时光，让无意中
许下的字，一遍遍低头寻梦，
看丝竹
弄湿谁的窗帘。

——观鱼的心再一次叩响
风荷的水袖，填词？

就用双峰的云
携丝竹进入空旷——
一声江南，让追随而来的
十万亩月华，
瞬间涌出了妆影，如泉。

走着

像一本刚打开的宋词。
脚步的缓慢
渗进书页一样的起伏里。心跳
出贪婪，路无尽。

嗓音中的玫瑰泄露深渊的
魅力。带电的字直抵那块柔，
狂想跟随
并不年轻的时辰。

十六的月亮在凝睇。此间的
盘旋是暗涨的池，一寸寸，
淹没了膝盖，

——而沉醉之火正旺，深藏的
夜色里，有一小片不管
不顾的春……

花期

将至未至。路途中的半屏
回不了根部。白云的
阴凉滑过，不见
黯淡，枝叶上的王冠呼之欲出。
画面外的
鸟鸣，有所垂落。

洗完头发的女孩有轻颤的
弧。

她在水中的影子，
等待盛开。此时的沙漏已尽。一个
季节，推门而来。湖心的
波，还在上午。

白沙岛

潮涌来。带着重逢的心境。
就不说了，这之前的
变幻，只在不得不退了的时候，
留一些白。

——如此宽阔的背影在阳光下
留出一些白。一些
可以用来与钟声一起流淌的白，
一些可以用来磨砺岁月的
白，一些
可以垂钓未来的白。

然后是蓝天。在预感里一定是
敞开胸怀的蓝天。
从奇山异石中袅袅而起的那一丝
隐喻，就让它若有
若无吧。相邻的灯塔，同

脚窝

水珠里蔓延的岛礁一起，
被那朵兰花遥遥一指，
就是恒定的命，恒定在白沙岛的
闪亮里。

一阵风来。吹动在来客的心中
溅起的那条鱼。

牛头山

带着促膝的愿望汲一次水。定格。
千年不变！真诚的静默
铸就了可以转头俯瞰的位置
——五沙连环，尽在一尘不染的
豁然中，发亮。

让一滴水可以吟诵的事物，是
温暖的。譬如海上
丝绸之路，悠然走进灯塔的光影，
和一望无际结成了伴侣。

——前面的跋涉，是汲水之后
必然的姿势。透着碧的
天晴，把掌声寄托给世间
可以吟唱的岬角，和岬角上

化不开的欢欣。

在牛头山，沿着一只翩然飞过的
白鹭，是谁，抵达了一种了悟？

筲箕湾

她把容纳当作最软的立场。相遇
是一次春天的爱,
倒影里逢着来自大青山的
石子,像是
落入了母亲淘米的筲箕。

筲箕湾。偶尔醒来时的慵懒,把
这个世界最后的纯情
汇集在明亮无尘的眼眸。
曾经的寂寞,充实了向内的
灯盏。梦境里,有露水
盛满了晚睡的月光。
——呓语在山的怀抱里,开出
一些平坦。

那声鸟啼蛰伏在悠然的
回音里。湾里的身段,抖落一些

脚窝

　　风的膝盖，耕海的
　　羽，开始收回昨夜的柔弱，把
　　听觉，皈依给可以耸立的山。

中午，听《黄河，母亲的河》

不能小憩！风卷黑发，被旋律裹住的
还有黄皮肤的呼吸。惊涛，
让拍岸的力，一层一层从握紧的
拳头里涌了出来
——我的母亲的河啊……

水做的花瓣用欲滴的经典鼓励我
——在上为岸，在下
为波。奔跑就恣肆，驻足
就婉约。那一朵朵衔浪而来的鸟，
是闪烁的音符，让她们
飞冲吧，凌霄就万里如洗。云，
就一跃而出，在柔软
和笔挺之间拉起了悬索。

古老出发了，一簇一簇，不断

翻卷出新的气息。
把阳光融入肌肤，让肌肤长出
乡土的儒雅，长出
可以一泻千里的传说。

一马平川也会有异峰凸起，壮志
在砥砺中坚硬如铁。
童谣响起来了，如船工号子；
逶迤而来的木船，
在用逶迤做成的浪里左冲右突，
上下穿梭……

所有的水，都会咬紧黄色的
嘴唇。所有的渔火，
都有点点波动的笛音，追逐春的
清泉，一扫往日的迷惑。

就让我跪下去吮您，一如既往的
芬芳，历久弥新的苦涩——
哦……我！那哺育了我的乳汁，
盛满了月光，
盛满了十年如一日的纤纤，
和巍峨。

风，吹皱了您黄色的锦缎，

如同岁月

在我的额上留下了弦歌。河流

无数，我只认您啊，

我的黄皮肤的

锣鼓，我的胎记，我的气数，

我的房舍！当秋天洒落

黄叶，我的母亲！我的河！

我还要恳求您——

不息地从我的梦中流过……

祖国：走在春天的路上（组诗）

草色新

草色新。她们的歌，带着明亮的
内容。路在最强健的安详中
伸向远方，也望着
在浩荡天空养马的浮云。莺飞过，

让发芽的风
有着体温一样的善良，故土
已没有扬尘。
那排香樟一次次抚慰
塔吊的垂怜之心，枝条在向上的
进步中表达对路径的
钟爱，而在湛蓝背景下划过的

那声鸣叫，已经楚楚地

滴落，如同
国画封面上的那粒春。

含苞的枝

含苞的枝在时间的壁上倾听。
已经攀援而来的盛大
推开摇篮，和读研的女儿一起，
蘸着粼粼的湖水，开始
起草鸿篇巨制，
一些名词，溢出音符的
茂盛，悠扬。

遍野的青春被柔柔的风簇拥
在知心的季节，让大数据
和人工智能交替穿过
纸上的蓝图，被纵容过的动词，
飞翔在太空丰腴的
怀里。

日子和心境一样，
克服了那些薄凉，已在
放任春意。

——清丽的庭院，正清丽在
删除浮华之后的黎明之中，深情
款款。

从清晨开始

从清晨开始，让真诚尽情开放。
生长是打开典籍的钥匙。

——让河水老练地
推出晶莹，桃花，吐露淋漓尽致的
嫣然。那些饱含初心的
细柔的叶子，用天籁般的
嗓音孕育阳光，在一念之间拔节，
在丰容之中奉献。

樱桃们，送出心底于暖意中
生出的甜蜜，并且
用成熟的鸣啭回眸走过的夜晚，
那粒震颤，在月亮
醒来的清辉里，腮一样的
红了。

——拐弯处的桥，

鱼跃时带起的弧线，挽着手的
风流，都被四溢的芬芳
牵在一起，牵成人间四月天。

山野的心

撩向我的风，顺便也把山野的
心撩拨得丰沛起来。
枝头饱满在沉默之中，仿佛
石头内部开始
松动。路旁的飞翔，有了
一些分化，翻涌和消失都有神秘的
曲线，看不出，谁是
谁的支撑。

也许还有一些道路，在水面
之下。我在水边，让心事，一点点
明亮起来——如果明亮
是肢体，那种光洁已经褪去了
外壳，只等那一声
响亮的啼鸣。

只等那一片涌向辽远的葱茏。
——我的脚步，融合

已有的黑白，走向荼蘼的漩涡。
是的，山野醒来，
他弓起的脊背，正要泛起
跳脱的媚，是潮红。

溪水长

溪水长。从对岸走来的风景
带着春天的念想，
和花朵泛舟而过的洁净。漫过
长街，让她们和白鹭

一起张望：在首都
机场，交响乐用《我和我的祖国》
掀动起飞前的心的
波澜，故宫门前的快闪，飘来
《故乡的云》……

走出镜头，让她们和舞台一起
倾听：大提琴中
蟋蟀的吟唱，掌声里回荡的
贴心，降落在
草叶上的母亲的
叮咛。

在春天，所有的抵达，
都以树的方式，进入绵延不绝，
进入水洗过的葱茏。

走在路上

走在路上。父亲的目光
兼容了朗朗书声，波纹般漾开去，
这些可以浇灌的婆娑。

——向上的树干有可以回望的
途径，那上岸的云朵，
未归的雁阵，以及从树梢上
滴落的风……

是能够孕育未来的襁褓，是露水
在花间可以照的镜子。

为了一片金黄，
手上的老茧放不下，像蕊，
有着红艳的心。过了
青秀庄，那些敦实的习惯
仍然像《弟子规》

——可供刻骨铭心，
或者是重逢一些节气和时辰的
房檐，其间的月光，透出
汉字的厚重。

雨中

雨中。叫醒婉约的是那棵
枝杈纵横的梅。
铁骨柔情，也弥漫春色，
贵如油。

青山不老。动一下脚踝，都有
披着轻纱的涟漪
如花，与高铁交换迷蒙的姿色，
万物滑翔，衔着那抹绿，
和石上似锦的等候。

抽穗。在天之南，引领叶脉中
盛大的潮。祖国啊，
站在每一次
雨后的清新里，都有更茁壮的
回报——那片阳光

灿烂地进入

鱼群，聆听街舞一样的欢愉，

以及来年的期冀，生长

更上层楼……

相

融

只把一点点湿，伸进汲古的
缝隙里，一声不吭。

——《望河楼》

烟雨楼

烟在雨中的瞌睡让楼多了些自信。
湖水如意时的升腾，
弥漫了鱼的转身。一些莲叶，
把我来时的路，
曲折成可以凌波的栏。这时的
窗，非方非圆，
就不仅仅是为了与桃李接近。

古松两株，生长了伞的功用，也
扬弃了我网名中的叹息。
站在空中的雨，一有机会，就招呼
前朝的阳光，
要轻，不在方砖上留一点印痕。

——至于朦胧，是虚和构的
合谋。多少楼台，因此步入仙山，
让缥缈的烟雨，当了药引。

抚慰了我的，倒是东跨院的
青杨，以对云霄的念想，给书屋
留下了初心。

四面云山

你在此看到的，应该都有些来历。
一片云，会衔着
另一片云的
尾巴。一座山，会把另一座山
收在眼底。四面
都遮不住目光，你才会感到
时光的恍惚，前人的
缜密。

沉淀下来的才是厚重，
熏腾之后就不一定留得下痕迹。
沧桑之静有辽远的
平阔，
那片近处的叶，不是源头，
也不是空虚。

一阵风来，把登临时冒出的汗，
吹出一些冷意。

楼阁不说

还有谁值得这么望下去呢？你的不言不语，
是那片深蓝的傍晚。我在向晚的
帆锚相依中领悟感恩，和白头偕老的
意境。渐次亮起的灯火，
也亮出火在灯里沉寂的明澈。

望海楼。望海里渔樵耕读的归心，似箭般
在历史的射程中，留下了痕迹。
你用轻纱的才华泄露，天机和老酒的盎然。
不说，南飞雁衔过的郁闷，
和终于拱出土的，长着翅膀的鱼。

鱼翔浅底。要翔过多少浅底，才能
抱着白菜回家，把熟饭用粉包？
你的巧手，是三楼的念想，贴着楼梯
光滑的扶栏，一点点，汹涌出香，
和温暖。

温暖的香气。在楼的肌肤里长成热泪。
谁的指，轻轻一划，有月色
越窗而来，且听风吟。且听透明的风，
在墨痕淋漓处低吟。我顺藤摸到一句唱腔，
漫过了门槛和你的衣衫。然后，
就有意味，深长出翠帘低垂，花影不移，
诗书延展新枝。

最高处的那盏灯，在不起眼的时候，有了
红晕。我来时骑过的白马，
留不住东篱的曙色，已悄然跃上古道。
楼阁不说，你也不说，就望着携带清风的
海浪，把承诺埋在可以汇成
漩涡的低处。我不走，一如我还会来。

雨在雨里

蕉叶用禅意给夜雨的潜入制造了难度。
我在门外的呓语，
就有了时光的停滞，和蛰伏。

这时的汉字还在松江的鼾声里
探头探脑，我试着用梦里的才华
修正这些韵脚，看看能不能
成为舞步。一串透着绯红的跫音，
就推开了垂着的薄薄的雨雾。

你来了。带着一些陈旧的故事。池里的
荷，在圆叶之外，裸露着不修边幅。
我松弛了的脸，像是初遇，
把忐忑藏在银发的背后，用寻根的
潮声，掩盖沧桑，
和沧桑里曾经的孤独。

是根对根的追忆，就像雨在雨里：
那流落一地的水光，和水光里
曾经有过的纸船，纸船上曾经寄托着
前路……

穿行

秋风起处，山停了下来。他抬步
越过曾经的
背影，仿佛那粒越过
晒台的夕阳。

歌声淡，村路更淡。更早的
树，看不清节外的枝。
面目的虚幻，遮不住凝明。他走在
黄昏的寂静里，像走在
要有诗情
牵引，才能夺路而出的句子中。

孤寂在鸣叫。前方一再闪过
爱慕。他把悲悯舒展为
可以升腾的烟缕，一阵猛抽，就有脚步，
懂得了什么叫可能……

婆娑的黄河

把这一处鸟鸣婉转出来的黄河，留给你的
枝叶去婆娑。有一支硕大的画笔，开放了可以
悠然行走的清丽，让我在河边生动。

你就优雅在画卷之中。腰肢的悦目，是
景色的留连点化了的娇柔。一声飘着酒香的
大秧歌，翩翩了起飞的白鹭。我在
黄鹂的召唤里，就成了那段翠柳，或者像
此时的芦苇一样，吐着有些青涩的诗了。

羊走来。反刍在昨天的雨后清新了的民歌。
牛把阳光里的金子，写映给回眸的你，
你便越发的妩媚，如同在花期里恋爱着的蝶，
缤纷出荡漾。我的吟哦，是河边的
野花，一朵一朵，可以线装成画册了。

那些被河水的波光粼粼之后，学会了

闪耀的念头，在闸口等待涌金。
有喜鹊衔着吉祥偶傥而来，成为可以清爽的
风和抒情的蓝天，把玉带的润
铺在了葱郁的林荫中间。让你的身影
婀娜起来的，还有水光起处飘摇而来的
河灯、从香山溢出来的幽芬。

枕河而眠的，是我被水泥的挤压之后，
在这里舒坦了的诗情。用鼾声
遗弃的句子，正在被你用缀满花瓣的
月色，覆盖起来了。

初雪

来了。执着于在灰暗中粉碎自己，
覆盖试图偷听的夜。

——越来越亮。内心的晶莹被某些絮语
挽留，有一点光，
都会溅起一片反射。

纷纷扬扬——用纱巾挥动一些旋律，
表达无拘无束。在可以投身的
沉寂中，宣告一种磅礴。

前赴后继，是一粒粒不管不顾的牺牲，
甚至错过了一次该有的告别。
——成为一层棉被，
为一种挺拔做了些铺垫，恰好是寻找
在某次机缘上产生的巧合。

脚窝

——悄无声息地逝去，或者叫融化，
据说是深入了另一种蔚蓝。
——阳光下，似乎什么都没有发生，
尘世的脚，
仍旧在漠然中笃笃走过。

护城河

那柳煞是妖娆。沿着可以护城的河，把一声回音
挂上自己的发际，等你来，用目光筑巢。

河边是墙。古城墙，和被先生的琴抚弄过的故事，
一起借水光透露一些玉质的影子。我把
空阔的水面看成经年的画卷，把身影中可以传承的
衣袂，飘飘给汉江。

有水从天而降。一起降的还有无根的涟漪，
唤醒这些护城的种子。和心跳。
你此时的瞭望把天边的旅程变得脆弱，脚下的
路，开始以挽留的姿势，整理出一种等待。还有
在水边结出的诗句，在飞檐滴下的不老。

我哪儿也不去了。就在这里，打捞曾经的
落日在沉沦前的思念，以及护和被护的秘密，
寻找那些爱和被爱的奥妙。

让桥，也发来一些过去的信札，解说那册书中
漏掉的平静。和焦躁。

你顺手牵住我在城门面前的轻波。然后，让阳光，
点燃一段虹，把我们的身份，都填上：
护城河。并且，展示一种拥有城池的底气，
可以安身立命的低调。

昭明台

如今，在台上汇集的不仅仅是《昭明文选》里
诗赋的墨痕，还有《黄河大合唱》中指挥的手势，
《红旗谱》里钟声的余韵。都借
那角翘檐，悬垂着渊源一样的色彩，和字号的
硕老。

最早的诗文总集，可以乘坐辇，把一路上追随
而来的鸟鸣，做成短歌行。辇的辙，
印在纸与文字的空白处，用墨香浓淡朝代的远近，
和经典的先后。直立着的，是后世的评注，
蓊蓊然，长成一片林了。

有人悄悄捡拾林边的落叶，连缀成貌似项链的
叶串。成一条街。把古色盘旋在古香之上。
在高处写作，在高处歌唱。在高处编选更多的
文选。远方在失眠之后，还是把那些
模糊的名字描摹清晰。并且，用月光弥合

年代的陈旧。

是谁能够在文化的大泽里漫溯——立起来，
似一座台，有着昭明的颜色；散开去，如一波玉，
闪动翡翠的光彩？

鱼梁洲

醒来了。传说中的白玉盆在渔童的钓竿下
溅出了珍珠。弯月悠柔，用抒情的手
抚摸这些鲜润。水边的树，把歌谣一样的枝叶
以细腰的姿态摇曳给醒来的洲了。

鱼梁洲。枕着绿水荡漾的风情，由着
可以飘逸的阳光，把凉亭放在眼里，把喧闹
洒在鱼梁渡头。一只鹰，在惊天的高度，
构想关于五洲的环流。

用网把浪漫打捞上来，洒在洲的中央。
让生态泊在可以脱颖而出的
亭子周围，被休闲描绘出盎然的模样。倚着
运动的枝干，倚着文化的源头，
让孟浩然们用文字喂养的鱼，朝着
可以享誉世界的景区游过去。
游过去，在汉江明珠的光亮里，看回归的

雁，翩翩起舞。

有酒。有竹林临风，飘动诗的衣衫，在
盈盈的天水之间，魅力四射了。

有气象清远的江心洲，被香飘四季的
花儿裹着，在襄阳就结出传说了。

海上丝绸之路

把一根绸带铺向远方。其中的蓝
以出生时的嘹亮，成为
太阳的背景。一些光，波涛一样
洒落舞蹈和清风。

路长长。长长的路以壮行的姿势
挥动谁的回眸。六百多年了，起锚的鱼
还在记忆中游动，
如波浪。如丝绸般滑过一些坎坷，
安放在海的深处，荡漾出友情。

——打开天空一样的蓝，让鸽子
飞翔成海鸥。昨夜的暗礁
后退为岸边的泡沫，在时光的疯长中
飘散。风浪
还会有。还会从绸缎一样的旗帜上
抖出血色，如同

脚窝

沙漠里摇曳的红柳。

蔚蓝不可遏止。海的光泽把晴朗
作为肤色，承接爱的温馨。

越来越宽阔了。背后，是同样宽阔的
胸襟。海上挺立的身影，以
六百年磨砺过的坚实，春天一样，
近了。

近了。风从一座座伸出臂膀的港口
轻轻吹过，如绸。

黄昏

你来就来吧，还要翻开一本
旧日记，用那人
背影中飘出的红晕，点亮
路灯。

——几棵总也长不高的
半大小子，举着
梦笔，把早到的玉兰，写成伸展着
手臂的岁月，迎接一种
萌动。

老屋又一次泄露内心的疲倦，
哈欠里的
酒香，锁不住
你在杨柳岸放出的新月。终于获得了
谅解——
它在灯晕中的

沉着，正是为那盘残棋
提供鼾声。

弯弯的河水浮起你来时的
微凉。你就要迈入的夜，已由窗帘
在完成。

望河楼

也是一种容器。里面的东西
可以改变既定的立场。比如纸。
比如舞台。

——它后来的光线穿越了寒冷。

博物。在博物中构建未曾有过的
施施然。南望小潢河，流动
一些可以流动的失。然后，用一座楼，
诠释并无可能的永恒。

还可以记载。芬芳或者尘封，
都留给时间评说了。降落在檐上
可以滴翠的雨，仿佛
已经忘了它的来意，只把一点点
湿，伸进汲古的缝隙里，
一声不吭。

荆楚之南

给温泉的沸波，镀上浪漫的香。天香。一树
醉人的轻纱凝成的音色，掠过紫气缭绕的
咸宁上空，我的肌肤，就有了短笛一样的悠扬。
就有了滴露成珠的玉润，在日积月累的
修炼中，左右逢源，逢着阳光一样的芬芳。

在荆楚之南。在桂枝的深处用婆娑起舞的玉液，
流盼那串秋波。你婷婷的矜持，把清风中
微凉的柔媚，开成了细腰。树们尽情地挥洒，
青春在山水之间的馥郁。心事如潮，于不远处
渐渐丰满。渐渐长成了浩荡。

用浩荡的香洗净我身世的浮尘，就有清澈的蓝天，
揽过鸟儿的那声啼叫。打开一扇门，又一扇门，
你不老的姿式，渗透在与生俱来的清雅之中。不老。
如泉。曾经藏匿过的清脆，都随着风铃
一样的日子回到这逶迤的光景里，不走了。

我也不走。读书。饮茶。和你聊天。不觉天色晚，
不觉那香那泉已融进我今生来世，长成
一处桃溪，和一株风月无边的铁桂了，我的咸宁！

苏景园

蝉从南方来。它的鸣叫在水意中
发亮。赏石的人，缓慢着
凹凸不平的响应。落下的那瓣
紫薇，翅膀还很温柔。

飞檐的指翘起一种纤长。被汉中
捧在手心的亭台，越发精致。
小桥遥想深巷里的酒香，追随流水
用缘分相聚的，
是小风——

是从江南的柳丝上滴落下来的
小风。

腰肢一样从石间流过。如同在
敦厚中相遇空灵。可以
升腾的月色，报答了一种胸怀的

爱抚，或者是风骨清逸，
回应尘世的喧嚷。

——香烟在月夜飘渺，古筝
用摇指，惊破当今的鼾声。

樱桃沟

随身携带的诗卷，在樱桃沟的
坡前，显出锈迹斑斑的陈旧。盎然的
诗情像是从桥面
走过的馋涎，在枝头的新词上滴。

——用婚纱的白装扮花朵，
让婴儿的唇点燃成熟。
碧玉般的学步车，以风中的飞翔
繁衍了诗意。众声俱寂，
一任坡上的初夏，喊出谁的
乳名。

云一样的顾盼，如同来了
又走了的，儿女。高高低低的玛瑙，
是父老乡亲

用茂盛的清晨，酿造的期冀。

身在异乡的游子啊——
有樱桃树的地方，就有家的慰藉。

午子山

高度就在午子观的仰望中
定下来了。顶观的
立场，在记忆深处时隐时现。
有人在云雾里穿行，路径是
风景和阅读之间的扉页，
用心翻开，会有新的东西发芽，
或者有了悟浮出水面。

——峡河分大小。环绕是事物
在空旷中的行走和依恋。
山势用硬骨延长陡峭，水的清软
流淌在想象之外，相互抚慰
遂成必然。

这时，白皮松林把一些霞光
抹上面颊，感咏受宠的
日子留下的单纯，也享受苍茫

带来的角度。身影或长
或短。

午子山。与山水开合为伴的
光影，把芬芳散发给游人之后，
什么也没改变。

指尖上的暖（组诗）

丽江古城

脚步慢下来了。从酒吧的门缝
溜出的光影里也溜出了
打击乐。你的
长发，把翩然递给充了电的夜，
也把化不开的优雅
递给了我。

这样的夜晚，雪，也愿意消融，
沉醉，比夜风肥硕。
四方街的米线正准备过桥，那层油花，
盖住了心底的
薄翅，让它在时间的飘移里
匍匐着……

灯笼中的红泄露了酒的丰腴，
也泄露了你的
脸颊收集忽明忽暗时的
狡黠。我沿着
石板路，走进了高高低低的梦，
看见虚构，向真实里落。

广场西面的河道中，水花
都是祥和。

玉龙雪山

……风没有停。被缆车减去的
折磨在 4506 处
陡然升级。牵着你的手，去风的
怀抱中体验内心的
力量，昨夜的雪，像是我们坐过的
船，正接纳
坚硬与虚无的对比。

又一阵风，在转身的时候，
丢下一个旋涡，让
向上的台阶，多了一些迷离。
你的手，在我的手心

注进嵌入的音节,
词和语言保持了静谧。

高处。高处正任由灵魂的通晓
和默契
……

4680 了!那是一次依偎——
把前方的路和时间的
滚动,用洁白的信仰一样的意念,
焊在了一起……

蓝月谷

微凉。微凉的风把发烫的面颊
当作晚来的春。握着的
玉,泛起一些红潮,在这游历过的
蓝色里,如梦。

——蓝色的水边没有吟哦。

那块巨石记录着一滴水经过的
丽江,想走进天空的
碗。你身体里的碗盛着弯月。弯月

不是舞台，无法
把栈道上的弧线抖落成
鼓乐。

我把多余的氧气交给了倒影，
连同你的低语。
指尖上的暖，醒着，仿佛
那个已经认领的
词，一点点在风中清澈，直到
世界，长成一条
白水河……

湖边

有人试图去陪湖水。在雪山，
有人把接近过的飞花
都给了阳光，风的执着，
催动深涧溢出的
喜泪。

有人。试图分清生动
与呆滞的界限，挥一挥手，
把胸腔的沉闷丢给
鹰。出了古城，向上的生长，

更有了纯粹。

影子里，多了一些清丽的
卑微。

我们走出涟漪。玉液湖
把扛在肩上的
落日，当成一面舷窗，用来交换
这一路的滋味。

白塔晨钟

在潭底以沉寂的姿态等候
唤醒。等候你
脚步一样的歌唱，而后，成群结队，
充满了霞光的遨游。
一片感动。

我把钟声带来的茁壮留在
最高处喂养那朵绯红。千峰的秀，
开始吸引早起的
鸟，和挂在枝头的诗句。塔的
白里，有我播种过的
纸，结出的字，成为塔檐上的
铜铃。

风来。把微信中的照片飘散在
你长出的翅膀，
可以飞走的是时间在云端的注目。

以及试图
用文笔按住的宁静。

——才想起，我知道得太少：
那潭，是和笔般配的砚，蘸起的
圈圈涟漪，也是和声。

曲水晴波

波光里的鱼在转身时变幻的
立场，是古书设下的局。
——你因此遮住了的光线，一定
会被鸟鸣救起。

曲水在这时涌来，我在汉语里
晾晒的浪漫，遂笑而不语。

不求回报，以缓缓向前的节奏
靠近那叶扁舟。且起。
且伏。把镂花的细节铺排开来，
让我融入那匹绸缎，
肌肤光滑，像是浴后
与清亮的重逢，一次次，被抽空了
浊世的负担，轻盈，
而又爽利。

一次次，在晴波的簇拥里，
曲了。直了。曲直
在一瞬间发生，像是把经过了的
事物，都刻成了纹理。

栖乐灵池

在西山。可以栖乐的还有那片
蓬草。山顶的
灵池不涸，草丛里，潜伏了
可以吟诗的水禽。

飞升时落下的背影也有乐声
发芽。我在已经生动的
西河边筑巢，在水波的弦上
开花。天空从水边开始，
远行的舟，在白昼送来水色的
气象，或清，或浊，
旱涝与之连通。

躲雨的夜，用闭眼的方式
探究内心的曲调。鼾声
最能说明存在。
那杯浊酒还在采药的坡底，口含

脚窝

　　微光，等候
　　再次飞升的源头。

　　天又明。我在池畔，看一弯
　　在满盈中荡漾着的残月，悄悄
　　隐去。

300

母校

风之后的幽静。此时的小学校
留一地洁白,树上
有鸟儿走过的空。你抬头,
一抹霞,向你招手。

"你若是我的哥哥吆",六十年
光阴,流水回到了原地。

风又来。一级一级台阶,
涟漪一样,让你
动心。

一朵一朵往事,在树干上
变黑。一茬一茬学生
出现在四面八方。或远,或近。

每一个人,都有发呆的
时候。每一个人。

寒舍

一定要与山水结缘。依山
有坡，有横长的
草。根系里有宋词走动，或者
在叶片上凝露，似滴未滴。

傍水，有柔波如縠，如老妻
用皱了的月色，铺开
一地涟漪。让那簇青竹点亮一再
推迟的花期。

我在花丛中，听《黄河，母亲的
河》，清点曾有的风，
霜，雪，雨。都过去了，
就不再留恋浮云，
和浮云一样的昙花，幽岚，雪意……

出门散步，一定要手牵

老妻，一程一程，把走过的路
再走一遍，不去惊动
归巢的鸟儿，孤单的蟋蟀，匆匆的
蚂蚁。

——掌灯时，一页页抚平书中的
折痕，看丰腴或
清癯的词句，留给我的
安详，惊诧和弯曲。

当然，也会去抚摸那些看过
和没看过的书的封面，让其中的光芒
又一次透出，
观照我写下的微小，他乡，情思
和游历……

窗外有清风拂过，那一定
是千里之外的青春，星夜赶回，要去
斗室的深处，清理淤积……

青云湖

湿地的心跳在白鹭的青睐中飘出
风来。薰风。我把红荷
在蓝天里的歌唱烙上青云湖的
胎印。

伸出一根钓竿，钓出桃花玉琴。
风，把我系在钓竿上的一点念头
吹出了恋，我的身影
在初相遇的桥栏下，映出了
倾心。

那朵云，衔来柳丝羁留过的琴声。
我用民俗村的旱船，温暖
歌里的风调雨顺。

水面上，一圈圈雌性的
涟漪，让从青云山

走下来的休闲，在这里完婚。
拉碾推磨的后生，把我手中的风情
放在林荫道旁的奇石上，
就有腰肢，在寨子里开出了
一万种秀润。

我让生态成为一匹快马，跑不过
水做的鸟语。脚下有黄金。
阳光用细沙闪烁的
秘密，牵绊住我和惬意的同行，
脚窝里，长出了可以袅袅的
灵芬。

在青云湖，把船在碧波中的倒影
看作一条路吧。通向心之
故乡的小路。小路上，
我正在用诗句，荡漾出声情并茂的
回音。

黄花溪

在秋色里涌动的妩媚，取代了
乱跳的风。水流用透明的
翅，飞翔情不自禁。

发生过什么？这毫无偏见的梦境，
释放了音符里的才艺。在此处
耀眼的，还有一种伸展，
和伸展时无拘无束的前程。

用潺潺陪伴已经游来的歌谣，
掬一捧清亮收留倩影。那臂虬枝
钓起一袖风月，争看峭壁
从容。

回路在融入之后到来。是谁，
还在来时的路上，摇曳
那片魂不守舍。

思乡柏

把思乡的念头碧绿在你不断伸长的
风月里。听大江东去，
让天上宫阙在似有若无的松涛里闪烁，
点点心事。不绝于耳。甬道两旁
如诗如画着秋天怀旧的影子，你的影子。
有回声，去飞檐上把酒。

一生挺直。才能遂心意向西南方倾斜。
浪花用小小的身子，淘不尽
古柏滴落在望乡的词牌中那鲜嫩的低吟。
浅唱衔着灯盏，照得见不老的光阴。

南行的马车在目力所及之处渐渐缩小，
你不走。让那颗未圆的星，在树梢上安家。

羡慕归巢的鸟儿。簇拥的枝是长风的
话语绕树三匝之后遗落的

祈求。还能波澜不惊么？有半个月亮爬上来，
在半明半暗的台阶上走走，停停。

今夕是何年？夫子，有冰镇啤酒，唤出
小二，在不眠处一一斟满。

东坡湖

湖水们迷恋的平静被微风的引诱荡起了
欢愉。千里共婵娟么？

此时的月色已经乘坐了航班。万千碎银，
是你此去的旅费，是谁？随性地摔落在湖面。
有入睡的知了一声尖叫，疑是霜落无声，
遂溅起一片迟到了的辽阔。和怀念。

随波而至的那丛水草，分娩出前世的琵琶。
大珠小珠，在我的目光中融化。云游的
善念次第展开，像是你临摹过的
倒影。我用花白头发提炼出的阅历，
还有体温。

岁月静好时分，说什么此岸彼岸。你不小心
抖落竹简上的篆书，我嗅了嗅，都是
清澈见底的味道。袅袅。有土厚水深的缠绵。

如此温良。舟楫载不完你的芬芳和明媚。

向下，是根须寻找过的情意。我一动不动，

看那段精致的山水，在湖畔的长椅上，

旖旎出传宗接代的期盼。

幽兰栈道

通过它的时候常常被花香绊了脚。
一个喷嚏，就穿行在这些
隐姓埋名的君子之间。仿佛那支
被飘渺淹没了的笔，
突然，就邂逅了墨盒。

一串只能用幽长来记忆的清雅，
把随风摇曳的意境，
幽长得更远一些。让明修的
栈道，长成那盏茶
中间的银针，通体上下弥漫翡翠的
声音。谁是它的水，谁是它
必须连接才能深不可测，才能
用想象护卫的气节，
纸一样，在此处留白了。

祥云一样。让融为一体的散和聚，

脚窝

款款地走近可以在空间
生儿育女的蓝，以及被蓝，一次次
圆润过的，心脾。

水帘洞

其实，柔弱的水在行走时的婀娜，
一样可以流露出刀斧的
痕迹。比如现在的
阔，就是雕琢之后的舒展，
以及在舒展中的绮丽。

她们把阔过的那水，做成帘，
就有幽梦一样的洞府，
或议事，或修炼，
让那串有些散淡的词，在花的
唇边悬着。她们也接受
在洞府里的启蒙，
之后，剜出那些剔透，繁衍成
有骨感的冰挂，
用阳光上色，在积雪未化时
洞见生命的印记。

脚窝

————时间在洞口伸出一只手，
用从上而下的
流动，掩住了前朝的云烟，
和云烟中
曾经有过的砂砾。

双龙湾

用性格中的蜿蜒铺张成水，运送
小三峡的云朵。两条
从水和云的寨子里起飞的
龙，在瀑、潭、台、
洞和阁、桥、亭、轩间探头探脑，
收拢起一些念想，聚集
在春天的体内
走不出的桃花汛，表达一种
感恩，和思念。

双龙湾。在青山和绿树之间游了
出来，把灵秀当作越来
越浓的水墨，淋漓在有着传说的
书页中央，发出芽，
长出叶，结出果。一行行汉字，
香火一样，袅袅升腾出如缕的
蜿蜒。

——在山巅上看水，不妨放低
一些身架，让随时都可能
腾起的水花，洗一洗穿久了的
衣衫。

宓妃峡

一水的幽，就绕着山的叶子静静地
流。五千年的眸子，
可以把那抹微微的熏风，看成
锦缎一样的文章，
或者是用文章做成的舟。

这舟，会载着你梦回前朝。一时间，
环佩叮当，然后是丝竹，
让一些婉转的花，开出锦簇，
让一些噪音，选择嫩黄的
味道。让水的波纹，把春天的
矜持一圈圈地扩展开去，
成为那篇文章的前身。让水洗过的
鸟鸣，在霓裳的飘动里浮出，照亮你
有些泛红的羽，和羽飞越过
千山万水之后的通透。

把通透贴在锦缎之上，一不小心，
就是千年了。

其实，你读出的，在锦缎上留下
文章的
云的名字，还是在峡之舟。

重阳三题（组诗）

晒秋

秋不停。那筐篮就是一叶
扁舟。渡
斑斓的色彩，也渡
山坡上婀娜的
风。

这时的河水，比过去温柔。

而重阳，
守不住心中的秘密了。
他让阔绰的
时光，揽来两朵
可以吃的白云。

然后，告诉你

——秋深处的桥，无人时
不曾绷紧……

赏菊

也赏中秋的余音。而层层叠叠的
披散，是故乡的长发，
让我有柔柔的
眩晕。

——柔柔的外延，如不肯
停下来的琴声。

所有的花瓣，都在推敲虚拟的
艳遇，也提炼陌生，
如诗句。那缕香，溢出了
回报——

悬浮是一种呼唤，盎然
是另一种。

每年这时，地铁上的
转身，像是在置身事外，偏看见
江水涌跃，在月下，
在风中……

敬老

在重阳日，捧上一杯酒，
就可以回到亲情的
怀里。

在可以仰望的朝圣的
路上，你看见
山头的雪，就是看见丰饶，
看见人生的
沸点，看见明天
的自己。

敬老！如同给人间的歌谣
搭上云梯。
白云悠悠千古，她
抚摸过的
脉动，正在生出
浩然之风，在你的心里，我的
心里，聆听
或者冲刷——

就像丝帛被浣洗。

悬着的回声（组诗）

退隐

树枝在没有叶子的伪装
之后，看风月无边。它不同于
水，水有说不尽的哀痛。

一座寺庙把寂静掩进
落叶的空隙。有人在水中
拧出石头，
钟声里有石头的俯冲。

光在退隐。是谁点了一下
清白的腋窝，
鸟鸣里，都是寒冷。

湖畔

那抹岚把远处的踝处理得如此

柔凉。住下来的风
和天鹅的倒影一起倾听：

还在流淌的歌，
还在树的枝上悬着的
回声。

在一瞬间抓住的漫。一种心境

在曲折的颈下
游过，那淹没过漩涡的
水，醒来，又睡了

——给在孤笠走后的苍茫里，
留一处洁净。

村旁

河汉在坚硬的翻检中遗失了
流淌。一丛丛树
让静谧被远处的合唱击中，绿色
掀起荡漾。

细腰一样的飞翔嵌入天空。

时光轻扬。如同
我们经历过的被恋爱支撑的
小径，游子即将返乡。

羊群回圈。白色的庭宇，
在歌谣里回想。

林中

可以梳妆。你让一种媚，击中
野花迷宫里的
露，滴在清晨缓慢的
琴弦上。

昨夜散落一地的光，一点点
回到你的肩。
你的欲言又止，把内心的潮汐，
做成可以在后来
回忆的香味。近处的每一根
枝条，把自己的参差
掩在胸口——

等待一对可以飞翔的翅膀。

一朵水红的云

可以撷取的，是清风里的香，和香里
饱含的月光——让我的每一次
重逢，都如初相见。

一朵水红的云。在你面颊上升起的
还有没说出的话语。有只雀儿
尖叫着飞开，掩盖了此时的慌乱。

把宋词里的微凉溶进那滴露，
不动声色。一不小心，透出了赏心悦目，
让天空高远。

比起眼前的小路，我不够幽深。
对照那丛紫薇，我不在原地——
听丝竹吴歌，心旌里，依然有花枝
抖颤。

那片浮萍，一如耳语，告诉我
门内的清秀。苔藓也清秀。身外的
雨声选择了敲打，试图把留白的
姑苏，搬迁到林间。

在公园的小桥上，我把临来时采摘的
那个字，连同你——那瓣
可以生动的羞涩，一起系上桥栏。

相逢

把宋时的微雨打散在你睫毛眨动的
清澈里。在四月，我让狭路
开出一朵相逢。水滴晶莹，去花瓣上
婉转那条幽深的小道，让住在
心中的风铃，一阵阵起伏。舞过的步，
是此时矜持的剪刀。却恨不得，
把时光剪出一对对鸳鸯，水（咯）上漂。

身边闪过往事。在过往的风中留不下
痕迹。留不下痕迹的
还有那声露着桃花一样颜色的
鸟鸣，躲过了一冬，就为了在撩人的
春光里，折腰。

一句青翠的江山如画，我的背就驼了。那条
问号一样的小河，在一次远离闹市的
相逢中，被雨，轻轻地写进

四月的眼神，被你，一遍遍覆盖，
仍然露出了白头，偕老。

人间茂密，谁会在人群里抽出一臂敦厚？
惟有你，把遮风挡雨
做成了四月的天，和骄傲。

桃色

就用这点残存的桃色，给你留一条
活路。我在一川烟雨的空白中
寻找前朝的花期，一不留神，就把沉寂
经年的封底，看成了栈道。

还要陈仓暗度么？四月尚早，七月
正好。我把水袖里的时光，
一段段地铺成前世，就有蝶翅
掀起一些喑哑，或是词牌，
或是歌谣。或者是一些青铜之气，
把那些被我落入俗套的人物，
磕碰出火苗。

桃花开了。在暖阳下用花蕊放出的
怒里，我竭力诉尽烦恼。
诉出你的惊讶，和你抖落浮尘之后的
光洁，以及可以清秋的美好。

不经意间，就有月色把来路填满，千里
之外，早有荷香轻绕。眼前这抹
已近尾声的桃色，推着你，逃之夭夭。

走进历史深处（组诗）

在岭南读湛若水

随处可见。有清溪漫过静修的
石块。我掬起一捧清澈，
洗去胸中泥，让万物开始生长。

万物在书院里生长。先生的清癯
是吟诵之后弥漫心性的坚实。
了悟在石块上，用苔痕提醒我的
诗句，不着刀斧，只有
潺潺掀动支撑，清亮是舒展之后的
安慰，源头在心。

在新塘江畔，先生的脚印
是线装书的线，引领我埋头在字词的
空隙中饮酒。沉醉

是一种慢，惊叹是另一种。我在
慢中的移动也是交谈。

岭南的风里有若水的润，风景
因此如茵。有近水的楼台，
用月色涂抹圈圈涟漪。
我在《春秋正传》的倒影里，
看一粒种子，动静合一地
露出了浑圆。

湛若水（1466—1560 年），明代哲学家、教育家、书法家。
字元明，号甘泉，增城（今广东省广州市增城区）人，"随处体
认天理"是湛若水的心学宗旨。现存有《湛甘泉集》《心性图说》
《真心图说》《新泉问辩录》《非老子》《圣学格物通》《二礼
经传测》《春秋正传》等书。

见刘安世造七弦琴

桐木。有朱色漫不经心地
透出黑漆，我音符一样的目光
萦绕，不去。

琴腹吐刚正之气。可以弹拨的
光阴月明星稀，我把七弦
用沧桑读出的气节，

悬挂——凛凛不可犯。有龙池方直，
袅袅警策议论，
落地，也铮铮作响。

深言直谏。也有琴声安置阳光。
诗文如洪钟，以墨竹相伴。
我在书卷的渴望里
镶进一些琴心，就有新枝伸出
岁月，把"诚"字
挂上旗幡。

一生如琴。如琴的古风栩栩
如生。我把这些种子洒在
流放地的荒芜处，
就有力求完美的灵魂，在琴弦上
分娩一声声鸟鸣。

刘安世（1048—1125 年），字器之，号元城、读易老人。魏（今河北馆陶刘齐固村）人。北宋后期大臣，以直谏闻名，在旧《广东通志》中被称为"广东古八贤"之一。中国国家博物馆藏有"刘安世造七弦琴"。

遇北宋名将狄青

英武在马背上颠簸出崎岖。山路
蜿蜒。有刺字的面，不改色，
不改铜面具后面的出身。
一些源头，在发亮的时候，
悄悄改变了方向

一再推让的战功，用古榕的新叶
和我耳语：颂辞不过是
秋风里的一丝暖意。

我拱手：将军若山脉，泉声出山，
而细流环绕不离。

清者自清。昆仑关上，有一块
城砖，嗜睡。演义是枯草
在梦中的追述，鼙鼓仍然醒着，
等待将军的马蹄，跃过在
关隘上飘荡的白云，再用那声
呐喊，滋润春暖花开。

笛声响了。一扫长河里那朵抑郁的
浪。青青的细节是听觉的

翅膀。我举目四望，且空，且阔，
与飞翔无碍。只有一些
可以填词的戏文，还在那坨
纠结里，不能自拔。

狄青（1008—1057年），字汉臣，汾州西河（今山西）人，
面有刺字，善骑射，人称"面涅将军"。历官泰州刺史、惠州
团练使、马军副部指挥使、枢密副使、枢密使。狄青生前，备受
朝廷猜忌，导致抑郁而终；死后，却受到了礼遇和推崇，追赠中
书令，谥号"武襄"。

在八斗岭读七步诗

等不及暮色漫过来了。子建兄！
不管是十步，还是七步，
我都写不出诗，写不出在诗句里
隐藏的国度。

一步迈出去，就是森严的王宫大门。
醉就醉了，用醉意撕不开
法令的缝隙。任性是一个王朝的
减价，不能贬值的，是仍在
慷慨的建安风骨。

兄啊！才高八斗是秋风中的华美，

要落的叶就在八斗岭的皱褶里
起舞。辽阔让夜的璀璨
身陷泥沼，归乡的路在伏笔上
重组。我曾得遇从泥沼中
亭亭而出的红莲，有一片竹叶
陪伴谢幕——清影未能
入诗——比不上，洛神赋。

可以飞翔的是心，神游八极
而忘餐。可以静守的
亦是，潜处而纹丝不动，任凭
疾风如鼓。我牵出那匹白马，
就有一股英气在马背上仰手，视死
如闲庭信步。也罢，
情思里有燃烧的悲愤之意，
门有万里客，借酒，
就能浇出一篇篇诗文，辞赋。

我不能饮酒。子建兄！就把你
用过的汉字给我，我试着，
在暮色漫过来之前，
用飘落的叶子，走出十步……

　　八斗岭位于肥东县八斗镇，据《合肥县志·魏志》记载，当年曹植登上八斗岭（古称鱼山）时，曾赞此地风光秀美，死后若能葬此而无憾。

与谁同坐（组诗）

明月

不是过客。如约而至的还有那片
陡坡。低处的
回声有草叶上露珠的
凉，闪动这个世界的朦胧，
和空阔。

——柔柔地铺过来，在呓语
一样的聚合里
植入可以依偎的安详，并且放慢
速度，守护那些
见过和没有见过的流萤，
以及用折叠的方式
出现的角落。

"所有的都在融化"。此时的
静，是月色的静。光阴过，
澄明生。坡在消散，
后来的风，什么也不说。

清风

不说。不等于不会说，
翻山越岭，就为了这一刻
消停。

风的叶终止了摆动，此时的
清是清澈统领的怀抱，
辽阔着遍野的
优雅。内心的香有笔直
的今生。

玉树一样。静谧在洗自己的
过去。天空
收回树杈的杈，一个个
瞬间，连接成为
没有风的风铃

——不知不觉中，

石头带着我，向无为处
升腾……

我

我的升腾是种子的
升腾。身心松弛。岚气避让。
明月在说服
清风，悠长不是先知先觉，
我的水袖有月色
的印记。

——光洁是今夜的
救赎，石阶更适合心境重新捡起
风的雅，月的碧。
相逢不分彼此，就像
无法命名的源头，共融在
月之传递——

某种召唤凌空而来，
搜尽奇峰，伸展清丽，同坐者
仿佛从另外的层面飘然
而起……

观望

山川在世袭。春光也罢,秋色
也罢,都是过眼。
水流盛着可以持平的
不忿,匆忙与从容,
在对岸。

猫在打盹。一座古宅唯美着
异乡的悬浮。
云来,淡化一年一度
洗不净的聒噪。
树和小草,正在形成闭环。

下午被恍惚闯进。一些
世情,透露原有的
缠,绕,解开它,需要宽大的
时间。

脚窝

某种高度，开始缓缓地
透明。虚构里
的泥淖，已经风干。不言不语，
是一扇看不见的门扉，
夜深时，曾经在天井上方
不眠。

南京：加长的眷恋（组诗）

桃叶渡

正是秦淮水长，那岸争说
它收藏的涟漪的
种子。听雨，也听披蓑戴笠
的传说。

已经瘦了的碑坊
把多余的影子交给婀娜。
那声虫鸣开在
飘飘荡荡的桃叶之上，含着
欲滴的水，不去做
儒林里的贡生。

倚着岸。看南书房的字进了
酒里，袅袅，
半个月亮试探水里的

淡妆，碎了。

还是欲滴的，水在渡中
翻篇儿。一条河
也有清香，在又一片桃叶
的动情之中。

绿博园

滨江风光。以欲飞的绿色飘带
拖曳我们的灰暗。

叶脉归于怀抱。古树一任
成群的梅韵簇拥。
一首诗在石上丰腴，其间的指纹
游向砂砾，让我们的
融化贴近热带
雨林。而溪流一旦穿越，
被洗过的风，就
加长了我们的眷恋。

——左岸有花海。香彩雀
添上灵感。一些鸣叫
"半落青天外"。在更远处，
泅渡的浪花把前赴

后继攥出水来，让亲水平台
看见的，是一切
都在起跳——

天地阔，座椅很像是鳞片。

爱情隧道

他已经过了恋爱的年龄。到了
这里，讶然这条
生机盎然的道——隧道。并且
可以为爱情：遮风，挡雨。

树叶生出微颤的清新。点化过的
欲念，用柔柔的坚贞伸展了
钢轨的波澜不惊。
光斑用腾跃，丰富了薄纱般的
岚。除了心跳，
还有比静更静的蝉鸣。
如果这时的世界，只剩下了你，
他一定还愿意，回到
年轻——

就像在梦里，他不会为堤岸
迷失，也不再为擦肩而过的爱情
懊悔半生。

野趣

三月的野趣是没有被风化的鱼群。
越过曲曲折折的溪，
让卵石们用洗过的朝下生长的
瀑布，制造白云。

这时的绿，抖开用鸳鸯潭的
清澈印成的
床单，融入光阴。

层层叠叠的山脊被未来的月光
惦记成臣服的水了。
那只和我们
谈过话的不具名的
鸟儿，用去而复返的春色，混淆
鸬鹚湾和青龙峡的
景深。

微凉的气流，贴近小龙门引领
盘旋时积攒的妖娆。
垂手而立的峰，悄悄祭出
能够滞留的障眼法，让自己潜入
气流的痕迹里，
抹去尚未熟透的脚印。

——在黎明中扯着成群白云摇曳的
山口，回眸时，
坠下了一枚可以游动的
柔润……

招展

空旷是冷风加上的绷带。
绿地里的光芒
隐藏着。而羽绒服
用火焰一样的
跳动，引领一幅丢失的油画，
重新招展。

——谁胸口的
那只蝴蝶，要从定格里启动。
饶恕和相遇，在恍惚中
开始慌乱。

新春带着民谣的力量回到
可以柔软的河水
中间。涟漪动，春水暖。美的
那部分在枯草上
活过来，仿佛久咳停止

之后，又燃起
生的信念。

——是时候了，看到叽叽喳喳
的麻雀，再不是
厌烦。黑黢黢的墙缝中
挤出了鹅黄，像是令人心动的玉。
那双抹绿了群山的
手，多么性感

——看到满大街攒动的黑发，
白发，飘逸的，
蓬松的，突然有人
泪流满面……

春意

草很低。从尘埃里探出头来，
像是悄悄回家的
童趣。树，在高处的枝
还秃着，那是卸下
重负之后，等待舞姿重新跃动的
身体。

街市醒了，走出格式化的
黯淡。红火
在弦上的起伏，很像是
祥云从心底浮上来，
"会蓬勃的"，临街的窗口吐出
丝丝缕缕的香气

……飞过一只不知名的
鸟儿。她的翅膀里有过完整
的交换，这时的

飞，捎带着她从气候里

收到的

启示，和秘密。